Kadokawa Fantastic Novels

打工吧！魔王大人

0-2

和ヶ原聡司

插畫 029

Satoshi Wagahara
Illustration Oniku

MgRonald.

CONTENTS

打工吧！魔王大人

02

Satoshi Wagahara
Illustration ■ Oniku

和ヶ原聡司
插畫 029

Kadokawa Fantastic Novels

序章

「真好吃。」

「嗯，好吃。」

「真好吃。」

陽光和煦，鳥語嚶嚶，清爽的風帶來遠方森林的樹葉摩擦聲，在這個風和日麗的日子，三個人影並排坐在草原上。

「魔界沒這東西嗎？」

「沒有吧，你有看過嗎？」

「明明顏色那麼像基努歐的根，為什麼會是這種味道？」

說話者擁有消瘦的身體與不祥的角，但最為獨特的還是長在四肢末端的巨型凶惡利爪。

「別提基努歐的根啦。」

「這可是吃的東西。」

「但也沒其他東西能形容。」

雖然不曉得基努歐的根是什麼，但那似乎是原本不需要進食的惡魔們不會想在吃飯時聽見的詞。

惡魔們用沒長利爪的其他手指拿著某種褐色的小東西。

「人類的國家應該有這東西的材料吧。」

「這就難說了，畢竟連曾周遊世界的勇者等人都說很少見了。」

「他們的確這麼說過呢。」

褐色物體被扔進長了無數利牙的可怕嘴裡。

「……真好吃。」

「嗯，好吃。」

「真好吃。」

這裡是就季節來說已經充滿初夏氣氛的聖十字大陸安特・伊蘇拉的中央大陸。

在位於舊伊蘇拉・聖特洛遺址的魔王城旁邊，三位大惡魔看著天空，漫不經心地吃著巧克力的場景實在是非常滑稽。

馬勒布朗契族過去曾利用恐怖的屍靈術和幻覺魔法，讓安特・伊蘇拉南大陸的人們陷入恐怖深淵。

其中三名能力特別優秀並負責統率族人、被稱為頭目的惡魔，此刻正異口同聲地稱讚人類做的點心。

「不過沒想到那隻小螞蟻居然藏有這種本事。」

其中一名身材特別高大的馬勒布朗契——利比科古看向附近的廣場，有一名人類少女正在那裡。

少女也正和兩名好友並排坐在一起吃巧克力。

「利比科古，說話小心點。千穗閣下可是魔王大人欽點的大元帥。」

雖然法爾法雷洛在三人當中相對年輕，但由於巴巴力提亞正在魔界隱居，因此目前由他擔任首席頭目。

而法爾法雷洛稱那位人類少女為「大元帥」。

「我怎麼看都不覺得那個人類有那麼了不起，她到底是怎麼當上大元帥的？」

最後一名獨眼的頭目一臉困惑地問道。

「雖說是大元帥，但她既不是戰士也不是騎士，就連法術都用不好吧？」

「唉，就只有膽識比一般戰士強。」

利比科古回答西里亞特的疑問，同時下意識地撫摸自己初次與千穗見面那天，被真奧砍飛的右臂。

即使之後花了比正常情形多好幾倍的時間治療，那隻手臂還是無法恢復成像以前那樣。

「而且異世界日本的人類，或許和我們這些惡魔比較接近。」

「什麼意思？」

「這和千穗閣下之前使用亞多拉瑪雷克大人的魔冰魔法有關嗎？」

利比科古點頭回答法爾法雷洛的疑問。

「沒錯。那是亞多拉瑪雷克大人的冰棘。從狀況來看，施法者只有可能是那隻小螞蟻。」

這些擔任魔王軍將帥的馬勒布朗契頭目會在這裡和人類聯手，當然有他們的原因。

安特．伊蘇拉的藍色月亮，亦即與魔界成對的天界，掌握安特．伊蘇拉人類存亡關鍵的「神」伊古諾拉就在那裡。

而馬勒布朗契們的主人魔王撒旦決定討伐她。

坦白講如果單純只有這個理由，那惡魔們也不會積極參與。

儘管主命不可違，但就連常與魔王周邊的人類交流的法爾法雷洛，都懷抱著「為何必須保護人類」的想法。

但如今他們都聚集在這裡。

惡魔們與過去敵對的人類聯手，打算讓屹立在眼前的這座入侵人類世界時的橋頭堡——魔王城升空，直接登上藍色月亮。

在過程中，他們必須回收一樣名叫亞多拉瑪雷基努斯魔槍的大魔王撒旦的遺產，三人剛才

討論的人類，在引發巨大的奇蹟後完成了這項重任。

名為佐佐木千穗的人類少女是異世界日本的居民，她明明是在場所有人當中最不具戰鬥能力的人，但同時也比在場所有人都平等地對待每位人類與惡魔，將他們連繫在一起。

「光憑這一點，就能證明那隻小螞蟻擁有我們沒有的力量。」

「這麼說也對。」

利比科古將一塊巧克力扔進嘴裡，西里亞特也贊同似的又吃了一塊巧克力。

對西里亞特等人來說，這個人類的食物可說是徹底顛覆了他們對「用餐」和「味覺」的認知，而且據說最近在異世界日本到處都能看見這個東西。

事情的開端是惡魔們的仇敵、勇者的夥伴——法術士艾美拉達．愛德華聽說了佐佐木千穗要做點心。

非常喜愛日本點心的艾美拉達．愛德華馬上去找千穗討巧克力吃，並在露出一臉幸福的表情後，才想到問千穗為何要在這時候自己做巧克力。

當時剛好在附近的利比科古，無意間聽見異世界存在一種名叫「情人節」的風俗。

利比科古學到一個關於人類奇妙風俗的知識，事情本來也應該就此打住，但當時剛好也在場和千穗一起努力做巧克力的另一名「人類的惡魔大元帥」——克莉絲提亞．貝爾叫住了他。

『話說利比科古，難得有這個機會，你要不要也來做做看？』

利比科古本來還懷疑對方是不是瘋了。

但據貝爾所言，這個送巧克力的風俗在異世界不僅能讓團體內的關係變得更圓滑，有時還能當成用來表達敬意與敬愛的禮物。

『你們馬勒布朗契之前在東大陸造成的騷動似乎給魔王添了不少麻煩，就當是為了討主人的歡心，試一下也沒損失吧。』

被這麼一說，利比科古實在難以反駁。

馬勒布朗契們之前曾因為天界天使的計謀，讓安特．伊蘇拉東大陸陷入混亂，此外他們也確實給身為惡魔大元帥的鐵蠍族族長艾謝爾添了許多麻煩。

雖然利比科古曾在那場騷動的過程中，和克莉絲提亞．貝爾與佐佐木千穗扯上關係，但實際出手解決那場騷動的人，無疑是魔王撒旦。

最後馬勒布朗契們為自己的暴行付出了許多犧牲，撒旦也因為認為他們已經得到教訓而不予問罪，但從來沒說過要「原諒」他們。

像是看穿了利比科古的猶豫般——

『撒旦先生回日本時很生氣喔。他去東大陸的那段期間欠了許多人情，所以好像花了不少錢回禮。』

千穗跟著補充道。

『機會難得，而且這做起來也不難，大家一起做吧。如果收到部下們的巧克力，撒旦先生一定會很高興。』

既然連在日本經常幫助魔王撒旦的千穗都這麼說了，利比科古實在無法將這些話當成謊言忽視。

實際上撇開人類的風俗不談，馬勒布朗契族的嗅覺也覺得千穗等人反覆攪動的褐色泥狀物「聞起來很香」。

簡單來講，就是會勾起食慾。

結果利比科古就這樣上了千穗和貝爾的當，為了討魔王撒旦的歡心，他還找了目前也在中央大陸的頭目法爾法雷洛和西里亞特一起加入。

接著這項消息，也傳到了其他馬勒布朗契，以及之前入侵安特·伊蘇拉時被人類的反攻擊潰、但仍倖存並獲得庇護的惡魔們耳裡，說想做巧克力的惡魔也愈來愈多。

理所當然地，千穗一開始準備的材料根本就不夠這些後來增加的參加者使用，勇者艾米莉亞在異世界的人類女性朋友和艾美拉達·愛德華，也因此多次往返日本和中央大陸補充材料。

結果後來反而變成剩下太多材料，於是許多惡魔才會像現在這樣吃著剩下的巧克力。

「魔王大人看起來很高興，我們也總算放下心裡的大石頭，這點確實要感謝那個女孩。」

西里亞特吃完自己的巧克力後，依依不捨地把玩了一下包裝紙才揉爛。

「一吃就停不下來呢，不過應該已經沒剩了吧。」

「西里亞特，你吃太多了。你就這麼喜歡巧克力嗎？」

利比科古揶揄似的苦笑，西里亞特一臉認真地點頭。

「嗯，我很喜歡。而且如果要習慣人類的食物，那當然是愈早愈好吧？不管什麼東西，我都想趁還能吃的時候品嚐看看。」

「……這麼說也有道理。」

接著法爾法雷洛和利比科古也不自覺表示贊同。

「怎麼辦？既然已經不能再麻煩千穗閣下，要不要去偷看東方的八巾騎士們的廚房？」

「說得也是。考慮到未來的事情，如果想了解食物的味道……了解用餐，比起西方，還是多熟悉東方的飲食比較好吧。」

「……」

就在利比科古和法爾法雷洛也一樣吃完巧克力，準備起身離開時。

「利比科古先生！」

一道毫無緊張感的呼喊聲，讓利比科古沮喪地垂下頭。

「……」

「喂，利比科古……千穗閣下，有什麼事嗎？」

因為利比科古沒回應，法爾法雷洛只好無奈地代替他回答。

再怎麼說，這些頭目們還是必須尊重魔王撒旦制定的位階，迎接跑向這裡的佐佐木千穗。

除了些許聖法氣以外完全感覺不到其他力量的人類少女，笑著跑向魔界的大惡魔們。

從法爾法雷洛等人的角度來看，她實在是個奇妙的人類。

「法雷先生、西里亞特先生，大家都吃過巧克力了嗎？」

「我們剛吃完千穗閣下你們一開始做的那些巧克力。」

法爾法雷洛說完後，千穗不知為何驚訝地問道：

「咦？你、你們吃了一開始的那些巧克力嗎？」

「有什麼問題嗎？」

「倒、倒不是有什麼問題，只是一開始那些巧克力，是艾美拉達小姐不小心搞錯融化的可可純度99％的巧克力，應該很苦才對，你們都沒感覺嗎？」

「……？」

三名惡魔像是不曉得千穗在說什麼般面面相覷。

「你有什麼感覺嗎？」

「不，我覺得很好吃。」

「如您所聞，我們都覺得吃起來沒問題。」

「這、這樣啊。」

可可純度99%的巧克力近年來因為對減肥和健康有益而受到注目，開始變得能輕鬆在超市或便利商店買到，但吃不慣的人如果把那當成普通的巧克力吃，一定會被那股苦味嚇到。

三人剛才閒聊時也有提到，那些被拿去隔水加熱融化的巧克力，全都是和千穗一樣來自異世界日本的人類鈴木梨香，與勇者的夥伴艾美拉達‧愛德華一起準備的，但艾美拉達——

『可可是美味巧克力的原料，巧克力裡包含了許多可可，所以數字愈大一定愈好吃。』

按照這個神祕的理論買了大量可可純度99%的巧克力。

在被問到為何沒有阻止時——

「我聽說艾美拉達喜歡日本的點心，因此以為這是她個人的喜好。」

梨香做出了這樣的回答。

順帶一提，艾美拉達將可可純度99%的巧克力加熱融化後，馬上就開心地吃起巧克力醬，並在嚐到出乎意料的絕望苦味後痛苦掙扎，淚流滿面地跑去河邊漱口，至今未歸。

「然後呢?妳有什麼事?」

利比科古一問，稍微愣住的千穗才回過神回答：

「啊，是的!其實我是想把這個交給利比科古先生。」

「啊?」

千穗遞出的東西外觀看起來，和利比科古剛才親自進獻給魔王的巧克力盒一模一樣。

「雖然純度99％的巧克力也沒什麼不好，但果然還是太苦了，而且大家之前用的材料是日本的巧克力，所以我拜託盧馬克小姐準備了一些這裡的巧克力。雖然後來知道這裡的巧克力是只有貴族吃得起的高級品時，我有點嚇了一跳……」

這下真的完全搞不清楚狀況的利比科古露出困惑的表情，凝視身為大元帥的人類少女遞出的盒子。

「我聽說大家最近開始一點一點地嘗試聖．埃雷和艾夫薩汗的料理，但這裡完全沒有點心，所以希望這能當成參考。」

「為什麼？」

「咦？」

「為什麼要給我這種東西？」

「喂，利比科古。這可是閣下的賞賜啊。」

「囉唆，法雷。雖說是大元帥，但小螞蟻原本是異世界的人類。沒必要這麼忠實地跟她講情面。」

利比科古有些煩躁地瞪向千穗。

「我沒理由接受妳的恩惠。妳到底有什麼打算。」

不只馬勒布朗契，最近有許多惡魔對人類的飲食產生興趣。

雖然他們有他們的理由，但別說是千穗了，就連勇者艾米莉亞和克莉絲提亞·貝爾等勇者的夥伴都不曉得原因。

「呃，那個。」

利比科古原本打算威嚇千穗，但後者不僅毫不膽怯，還像是早已預見他會有這種反應般接著說道：

「我之前應該有說明過情人節是什麼樣的習俗吧。這個是我送給利比科古先生的人情巧克力。」

雖然這位高中女生也有送惡魔之王人情巧克力，但不可思議的是，她送馬勒布朗契頭目人情巧克力的畫面反而顯得比較奇妙。

「雖然對法雷先生和西里亞特先生不好意思，但我之所以只送利比科古先生，是因為曾在菲恩施受到他的照顧。」

「……」

儘管千穗說曾受到利比科古的幫助，但利比科古並不這麼認為。

他的確有協助千穗他們從北大陸人的手中奪回惡魔大元帥亞多拉瑪雷克的遺產，不過那項計畫是由人類和天使籌備，利比科古負責的是任何馬勒布朗契都能勝任的任務，因此他並非從一開始就被包含在計畫內。

再加上利比科古本人並未支援千穗的行動，只是按照計畫做出亞多拉瑪雷克的幻影。

「可是聽說鈴乃小姐來找各位商量時，利比科古先生率先便自告奮勇。」

千穗像是早一步看穿利比科古的想法般接著說道。

「……那是因為法雷說他無法離開這裡，西里亞特又不認識妳，所以就只剩我了。」

「如果你不想做，應該也能拒絕吧。畢竟來找各位商量的既不是艾謝爾先生，也不是路西菲爾先生，而是身為人類的鈴乃小姐。」

「……」

「我知道惡魔們覺得變成人類的樣子，是一件非常屈辱的事情，但利比科古先生去北大陸時，完全沒表現出那樣的態度。」

這件事千穗已經從惡魔們那裡聽過好幾次。

蘆屋曾在閒聊時提到，法爾法雷洛之前出現在日本時也說過類似的話。

利比科古一開始出現在千穗的學校時，就是直接展露惡魔姿態，因此不難想像他有多麼不願意主動變成人類的樣子。

「而且或許就是因為有利比科古先生在，當時才會發生那件事情。」

「！」

利比科古忍不住倒抽一口氣。

千穗說的「那件事情」，不用問也知道是指堪稱亞多拉瑪雷克的魔法再現的冰棘與魔冰之槍。

「之前在日本，我也曾在撒旦先生和艾謝爾先生變成惡魔時做過類似的事情，並引發不可思議的現象。在菲恩施時，只有利比科古先生使用魔法。所以或許是亞多拉瑪雷克先生回應了利比科古先生的魔力……」

「怎麼可能。」

利比科古面目猙獰地逼近千穗。

「我之所以接受那個任務，單純只是因為聽說那是為了奪回魔槍的作戰。人類，妳別太得意忘形了。」

「利比科古，你太大聲了。人類們開始緊張了。」

位於不遠處的艾米莉亞和貝爾一發現利比科古超出必要地靠近千穗，就露出有些緊張的表情起身，以便能隨時採取行動。

「囉唆，法雷。你幹嘛那麼在意人類的想法。」

「我的意思是要你別隨便刺激『敵人』。而且這不是我等馬勒布朗契的作風。」

「……嘖。」

咂了一下嘴後，利比科古揮開法爾法雷洛的手，同時轉身背對千穗。

「我聽說……亞多拉瑪雷克先生是個了不起的人。」

千穗對著他的背影低喃道。

「……什麼？」

「我聽說他是個非常正大光明又了不起的武人。」

「妳又懂什麼了……」

「我懂。」

千穗維持遞出巧克力盒的姿勢，表情嚴肅地對利比科古說道：

「我聽說他曾經和還很弱小的撒旦先生，不對，和魔王大人一對一決鬥，並在認同對方的力量後認真傾聽其理念，他比誰都認真思考蒼角族的未來，度量也寬廣到願意與長年敵對的艾謝爾先生和鐵蠍族，一起在魔王軍名下攜手合作。」

「「！」」

千穗的話讓法爾法雷洛與西里亞特驚訝地互相對視。

千穗說的那些事，並非發生在魔王軍征服安特．伊蘇拉北大陸的時候。

當時魔界別說是統一了，就連馬勒布朗契族都尚未加入魔王軍。

「馬勒布朗契族和魔王軍聯合時，應該也是如此吧。」

頭目們大吃一驚。

即使大小不到利比科古手掌的一半，一隻嬌小的手掌仍趁機將更小的盒子放到他的手中。

「如果你不願意接受我的心意，我只好利用自己的立場交給你。馬勒布朗契頭目利比科古，這是惡魔大元帥佐佐木千穗針對你的工作表現給予的正當報酬。」

儘管看起來還是有點緊張，千穗仍毅然地如此說道，她向三人低頭行了一禮後，便回到艾米莉亞等人身邊。

「……」

利比科古愣愣地看著千穗的背影。

在他視線的前方，艾米莉亞和克莉絲提亞．貝爾都表現出擔心的樣子，但千穗若無其事地笑著搖頭。

「被擺了一道呢。」

一旁的法爾法雷洛以略帶揶揄的語氣說道。

「雖然不曉得千穗閣下究竟知道多少，但被她這麼一說，你就無法拒絕了。」

「唉，既然曾和魔王大人與艾謝爾大人一起生活，那就算知道些什麼也不奇怪。」

西里亞特也露出複雜的表情抬頭看向利比科古。

「……」

利比科古稍微閉上眼睛，然後重新看向被迫收下的盒子。

不知為何，他突然覺得裝在那個小盒子裡的東西變得十分沉重。

「怎、怎麼樣？真奧先生。千穗沒事吧？」

看見利比科古和千穗起爭執的梨香，急忙用天使的羽毛筆趕去通知真奧和蘆屋，兩人也立刻下到地面觀察情況。

「嗯～感覺應該是沒事。」

根據真奧和蘆屋躲起來偷聽到的內容，他們似乎並沒有吵架。

「不過小千好像知道亞多拉瑪雷克的事情，是你告訴她的嗎？」

真奧一問蘆屋，後者便露出平穩的笑容輕輕搖頭。

「這個嘛，我並沒有特別說什麼。大概是去北大陸時，從別人那裡聽說的吧？」

「喔，原來是這麼一回事啊。」

因為真奧完全沒參加回收魔槍的作戰，因此坦率地接受蘆屋的說明。

「不過馬勒布朗契那些傢伙還真厲害，居然敢吃可可純度99%的巧克力。無論再怎麼有益健康，我都無法接受。」

真奧留下有點偏離話題的感想後，就直接離開了。

「吃99%的巧克力，靠的是習慣和氣勢啦。話說回來……」

確認真奧已經離得夠遠後，梨香輕聲說道：

「對主人說謊沒關係嗎？」

「被妳發現啦。」

蘆屋也沒有否定。

「雖然真的只是概略，但我曾跟佐佐木小姐提過以前的事情。因為我事先並未取得魔王大人的許可，所以不由得就說謊了。不過妳怎麼知道？」

「蘆屋先生在遇到無法立刻解決的問題時，表情就會隱約變得淡薄。」

「變得淡薄嗎？」

「沒錯。明明平常都能從表情看出明確的喜怒哀樂，但在想蒙混或忽視某些事情時，就會變得喜怒不形於色，露出某種鬆弛的表情。」

「我個人是沒什麼自覺。」

蘆屋忍不住摸了一下自己的臉，梨香開心地笑道：

「這一定是只有旁人才看得出來的事情。」

「是這樣嗎？」

「因為我一直在注視著你，所以即使認識的期間不長，還是能馬上發現。」

梨香抬頭對蘆屋露出笑容，後者困惑地別過臉。

「你看，又來了。」

以讓蘆屋困擾為樂的梨香，突然拿出一個用金色的紙包住的小東西。

「要吃吃看嗎？」

紙上寫著「99」。

「……作為日後的參考，我就不客氣了。」

蘆屋強調似的說完後，輕咬了一口那塊如果只聞味道和普通巧克力沒什麼兩樣的東西。

「唔、喔，這、這個……對我來說有點勉強。」

「我想也是。我也沒辦法像那些惡魔那樣大口大口地吃，不過……」

出乎意料的苦味，讓蘆屋發出呻吟，梨香滿意地點頭，同時硬將純度99％的巧克力塞進蘆屋手裡。

「蘆屋先生果然還是坦率地表現出自己的心情比較帥氣。」

「……請別戲弄我。我不會因此就被束縛。」

蘆屋看著手裡的巧克力皺起眉頭。

「嘖。」

梨香露出惡魔般的微笑，從外套裡取出天使的羽毛筆。

「那我差不多該回家了。傍晚還有宅配要收。再見囉。」

「……好的，路上小心。」

雖然一直遭人戲弄，但目送梨香的身影自然地消失在「門」內後，蘆屋的表情再度變得「淡薄」。

「事到如今，就算知道這種事情也沒用。」

千穗剛才以魔王軍惡魔大元帥的身分，命令惡魔收下包含自己心意的巧克力。

雖然千穗原本就喜歡真奧，但她應該也曾以自己的方式思索那個稱號的意義，並在某個瞬間決定認真背負那個稱號吧。

「明明不是那麼久以前的事情，但不可思議的是……」

蘆屋凝視自己擁有人類膚色的手掌。

「我完全想不起來自己當時是什麼樣的表情。」

自己當時是否也露出「鬆弛」的表情呢？

儘管剛才抱怨了一堆，馬勒布朗契頭目利比科古最後還是坦率地打開千穗送的盒子，吃起裡面的巧克力，看著那道身影，蘆屋的意識逐漸返回遙遠的過去。

第一章

紫色熱線勢如破竹地切開紅色大地。

讓大氣瞬間沸騰的強大熱能衝散天空的土黃色雲朵，告知荒涼的世界將產生驟變。

一座有河川流過的山丘碎裂，接著從山頂迸出一道嬌小的人影。

「啊～整個人都活過來了。我之前到底是在發什麼瘋。」

人影無精打采地低喃，然後穩穩地浮在空中，俯瞰自己剛才飛離的山丘。

「哼。」

人影再次從指尖發出剛才撕裂大地的熱線。

被熱線切開的大地剖面既沒有燃燒也沒有熔化，只是單純被蒸發，由此可見那道熱線凝聚了多麼強大的能量。

「沒想到我之前居然一直窩在這種狹小的地方，真是難以置信。」

「喂，站住！」

接著一道比嬌小人影大上兩三倍的身影追了出來。

「你幹嘛突然這樣啊！」

面對這個比起責備更偏向焦急的問題，熱線的使用者回答：

「沒為什麼。我不是說我要退出了嗎？」

「退、退出，你別開玩笑了……」

「這不是在開玩笑，是我認真考慮過後的結果。」

「你、你有認真考慮過？」

較晚出現的身影，指向底下的大地。

「那為什麼會變成這樣？」

「認真考慮過後，我做出的結論就是自己因為不怎麼有趣的事情，被你隨意使喚了好一陣子，唉，這算是一種發洩吧。」

「就算是這樣，應該也有其他方法吧！你以為死了多少……」

「那又怎樣？」

冷酷的聲音打斷焦急的聲音。

「為什麼我在做自己想做的事情時，非得考慮其他人的性命不可？」

「你……」

「喂，撒旦。」

一開始的人影面無表情地向之後追來的身影問道。

「你還記得你在我們初次見面時，最早對我說的話是什麼嗎？」

「最早說的話……？路西菲爾，你該不會……」

名叫撒旦的高大身影大為動搖，求助般的對那道看起來無精打采的人影——路西菲爾伸出手。

路西菲爾僅以眼神拒絕那隻手，輕輕點頭說道：

「沒錯。我們一開始就是這麼約定的吧。我覺得無聊了，所以要離開。」

「等、等一下！就算你覺得無聊，再怎麼說這也太突然了吧！」

「突然？」

此時路西菲爾忽然露出極為不悅的表情。

「這也是我認真考慮過後的結果。」

以這句話作為開場白後，路西菲爾對著底下崩塌的山地啐道：

「仔細想想，進攻蒼角族的城寨就是第一個惡兆。即使如此，到那些毒蟲加入之前都還算好，不過我說過好幾次了吧？我和艾謝爾絕對合不來！」

「我也說明過好幾次了吧！他對我們的目的來說是必要的……」

「這就是重點！」

「啊？」

路西菲爾激烈地打斷撒旦。

「不是『我們的』目的，是『你的』目的吧？」

「……！」

撒旦倒抽了一口氣。

「我只是陪你玩一下而已，對什麼魔王軍或統一魔界都不感興趣。卡米歐那臭老頭和亞多拉瑪雷克個性單純，所以好像已經被你感化，我也沒打算改變他們的心意，但如果你只為了自己方便，便對我設下不必要的限制，那就違反了我們的約定。所以我要退出。這裡待起來又不怎麼舒適，我沒理由留在這種地方。」

「路、路西菲爾……」

「事情就是這樣，以後我們就是敵人了，如果在其他地方碰面，就正常地互相殘殺吧。」

這就是所謂的絕情絕義吧。

路西菲爾完全不聽撒旦說話，像是要留下臨別的紀念品般，再次對山丘放出一記特大的熱線，撒旦還來不及挽留，路西菲爾就已經飛向遠方的天空。

撒旦愣愣地看著嬌小人影消失在天空中，久久無法動彈。

「唉，我就知道遲早會變成這樣。」

一道低沉的聲音，像是在安慰撒旦般如此說道。

「那傢伙原本就是強到讓我們不敢隨意出手的荒野流浪惡魔。不如說他至今一直服從你的命令才是奇蹟。」

「……抱歉，亞多拉瑪雷克。又把你們的城寨弄壞了。」

「不用擔心。自從你將部下們組織起來後，所有作業的效率都提升了。這點程度馬上就能修好。」

身材比魁梧的撒旦還要大上好幾倍的牛頭惡魔——蒼角族族長亞多拉瑪雷克咧嘴笑道。

城寨王座上的損壞痕跡猶新。

過去被蒼角族當成根據地、由亞多拉瑪雷克坐鎮的王座大廳，現在已經被改造成讓身為「魔王」的撒旦與「四天王」卡米歐、路西菲爾、亞多拉瑪雷克和艾謝爾入座的圓桌會議廳。

但好不容易整頓好的議場，根本承受不了路西菲爾引以為傲的最強熱線攻擊，不僅圓桌裂成兩半，中央還悽慘地噴出地下水。

因為原本是擅長水與冰魔法的蒼角族的城寨，所以會湧出地下水也是無可奈何，但這樣根本就只是噴水池大廳。

當亞多拉瑪雷克用巨大的手掌拍著撒旦的肩膀安慰他時——

「哼，虧你還有臉說什麼多部族國家和魔王軍。」

卻被一道刺耳的摩擦聲給打斷。

「不僅無法慰留一名資深成員，在根據地被破壞後，還要部下來安慰嗎？」

亞多拉瑪雷克和撒旦各自懷抱敵意與羞愧，一同望向聲音的方向。

那裡有一名全身覆蓋硬質皮膚，尾巴分岔成兩條的惡魔。

「艾謝爾，你有什麼意見嗎？」

叫艾謝爾的惡魔以聳肩回應亞多拉瑪雷克威嚇般的聲音。

他坐在岩石凹陷處，厭煩地露出冷笑。

「沒什麼。只是在擊敗我後大放厥詞的男人，居然要讓部下安慰自己的愚昧，看起來實在太滑稽了。」

「我真的是無話可說呢。」

儘管撒旦隨意搪塞艾謝爾挑釁般的言論——

「亞多拉瑪雷克，你也一樣。堂堂蒼角族之長，居然屈服於這種男人，別說是反抗他了，居然還對他產生溫吞的同情，我似乎隱約窺見蒼角族衰敗的原因了。」

但亞多拉瑪雷克就不同了。

「艾謝爾……我可以把這段話解讀成對我等蒼角族全族的挑戰嗎？」

艾謝爾厭煩地起身，露出更深的冷笑抬頭看向亞多拉瑪雷克。

「當然可以。」

艾謝爾用末端分成兩條的尾巴擊碎附近的岩石，進一步出言挑釁。

「這次就來把這座蒼角的岩山碾平吧。」

「你這隻毒蟲的口氣真大。看我怎麼把你埋起來，當成修繕城寨的基石。」

「喂、喂……」

隨著無聊的爭執愈演愈烈，兩名大惡魔的魔力也跟著提升，讓撒旦慌了手腳。

不過——

「到此為止了！」

一道剛毅的聲音，吸引了兩名惡魔的注意力。

「亞多拉瑪雷克大人，艾謝爾大人，現在不是做這種事情的時候！」

所有人都看向那道衰老但充滿威嚴的聲音，那裡站了一名身材比現場的所有人都要嬌小的惡魔。

「都怪那個路西菲爾（笨蛋），蒼角族和鐵蠍族都蒙受了損害。在下不要求你們通力合作，但至少去協助自己的部族吧。」

「唔。」

「……」

「撒旦，你也一樣！如果不快點找人暫時代替路西菲爾當流浪惡魔們的首領，組織一下就會瓦解！」

在老邁惡魔的斥責下，撒旦猛然抬頭，亞多拉瑪雷克和艾謝爾也像是氣勢被削弱一般，將臉別過去。

「在下已經派人在量力而為的情況下去追蹤路西菲爾。好了，你們還不快點去工作！」

「魔王」與「四天王」都因為突發事件而失去冷靜，平息這場混亂的，是帕哈洛．戴尼諾族的知名人物、外號魔鳥將軍的卡米歐。

「……抱歉，我馬上去！」

「哼。」

「卡米歐大人，真是不好意思。」

老邁惡魔喝斥完後，撒旦第一個衝出房間，艾謝爾也像是覺得無趣般一臉不滿地離開。最後亞多拉瑪雷克愧疚地以眼神對卡米歐行了一禮，三人就這樣各自離開圓桌會議廳。

卡米歐回過頭，邊嘆氣邊看著惡魔們的背影消失在陰暗的走廊中。

「坦白講，不如說真虧他能撐到現在，但現在這個時間點實在太不妙了。接下來可得慎重行事。」

最後傳進卡米歐耳裡的，是連腳底都被硬質皮膚包覆的艾謝爾的腳步聲。

最強的流浪惡魔路西菲爾反叛。

剛在魔界北部興起的「魔王軍」，必須同時面對這個壞消息，以及路西菲爾在反叛時掀起的殺戮風暴。

如果只看魔力保有量，路西菲爾可說是無人能敵，他的反叛不僅削弱了魔王軍的戰力，還大大動搖了魔王軍內的勢力平衡。

卡米歐率領的帕哈洛・戴尼諾族只有幾百人，而魔王軍原本就是由這個小部族、撒旦和路西菲爾等少數成員起家的集團。

即使之後併吞了亞多拉瑪雷克率領的蒼角族，帕哈洛・戴尼諾族和其他小部族與流浪惡魔加起來的人數，還是比蒼角族多。

亞多拉瑪雷克和過去一樣統率蒼角族，卡米歐和路西菲爾則是負責統率小部族和流浪惡魔，最後再由撒旦統一管轄。

不過鐵蠍族的加入破壞了這項平衡。

光是鐵蠍族本身的人口數，就足以和既存魔王軍的數量匹敵。

在那場被稱為北方大會戰的戰爭中，撒旦率領的魔王軍與艾謝爾率領的鐵蠍族展開激烈的戰鬥，最後艾謝爾敗給撒旦，並歸順於他的麾下。

撒旦之前是透過計策與謀略說服路西菲爾和亞多拉瑪雷克協助自己，但艾謝爾與那兩人有個決定性的不同。

艾謝爾是敗軍之將。

按照過去的慣例，魔界的戰爭都是殲滅戰。

只要一產生衝突，直到將敵人全數化為灰燼為止，戰爭都不會結束。

雖然誕生於黑羊族、被魔界長老——知名老將魔鳥將軍卡米歐養大的撒旦在北方顛覆了這個概念，但這並不表示所有惡魔都能馬上接受這種想法。

即使能理解共存、協力、同盟和並肩作戰的概念，惡魔們還是不太能理解原諒並接納敗者的行為，進一步而言，就連那些能夠理解的人，也大多不贊成這樣對待艾謝爾。

鐵蠍族族長艾謝爾。

他統率巨大的鐵蠍族，使其成長為北方的一大豪族，同時還是名曾與完成了革命性進化的魔王軍戰得不分上下的猛將，艾謝爾的威名在北方可說是無人不曉。

雖然在經過大將之間的單挑後，那場大會戰最後是由撒旦獲勝，但兩支軍隊之間尚未分出高下。

所以在鐵蠍族當中，至今仍有許多人不認為自己輸給了魔王軍這種雜牌軍，魔王軍的人也敏感地察覺到鐵蠍族的這種態度。

雖然過去也有許多和艾謝爾一樣對撒旦和魔王軍燃起敵意，在降服魔王軍後仍經常吹噓自己並未歸順撒旦的傢伙，但他們都不像艾謝爾那麼有勢力。

總而言之，除了撒旦以外，根本就沒人信任艾謝爾與鐵蠍族，艾謝爾和鐵蠍族也絲毫不隱藏想找機會謀害撒旦的態度。

這對至今的魔界來說，是理所當然的事情。

懂得憐憫的惡魔原本就不多，畢竟只要一同情敵人，下一個死的可能就是自己。

更何況是放充滿敵意的艾謝爾一條生路，並讓他以四天王的身分加入魔王軍，看在那些舊成員眼裡，這可是禁忌中的禁忌。

尤其魔王軍對那些小部族與流浪惡魔們來說，是他們有史以來首次獲得的安身之處。

藉由讓一直被認為十分弱小的小鬼族指揮以魔法專家聞名的骸魔道族，或是讓巨怪從事製作道具的工作，魔王軍成功打造出並非建立在以力相搏上的社會構造，因此許多小部族與流浪惡魔都覺得撒旦等人保護了他們，若被要求戰鬥也會全力以赴。

不過如今最強大的敵人就住在自己身邊。

鐵蠍族明顯不打算服從撒旦，也不想與其他部族交流，因此舊成員們無法理解撒旦為何要將那些傢伙留在自己身邊。

當然撒旦早就料到舊成員們會這麼想。

所以他努力不懈地說服仇視鐵蠍族的人們，並頻繁地與鐵蠍族溝通，好讓他們能夠適應魔王軍的環境。

問題出在艾謝爾身上。

艾謝爾與其麾下的鐵蠍族一樣，完全不打算與撒旦他們交流。

此外令人困擾的是，魔王軍資歷最深的最大戰力路西菲爾，和艾謝爾可說是水火不容。

在之前的那場大會戰中，艾謝爾不但讓路西菲爾吃了兩次苦頭，其中一次甚至還差點要了他的命。

儘管後來被撒旦所救，但不肯就此罷休的路西菲爾之後還是不斷找機會和艾謝爾認真廝殺，撒旦、亞多拉瑪雷克和卡米歐都花了不少時間勸誡他。

類似的事情也頻繁地在兩人的部下們之間發生，即使好不容易收編了北方的一大勢力，魔王軍內部依然充斥著許多糾紛。

當然撒旦早就知道如果將艾謝爾等人納入旗下，一定會發生這種事情，所以早就擬定好許多對策。

首先是拆散艾謝爾與鐵蠍族，弱化他們的指揮系統，並將鐵蠍族分散到整個魔王軍中。

然後透過分派給鐵蠍族較重的工作，讓他們更難和其他同族或艾謝爾聯合。

雖然魔王軍已經成為北方最大的勢力，但至今仍有許多惡魔與他們敵對，即使規模不如鐵蠍和蒼角，有些部族仍具備一定程度的戰力。

將平定那些部族的危險任務分配給鐵蠍族，不僅能讓舊成員覺得上層有在好好監督鐵蠍族，還能塑造出鐵蠍族會保護大家的形象。

撒旦原本是抱持這樣的想法。

但如果換個角度來看，情況又不一樣了。

與敵人戰鬥是一項重大的任務，因此也有人將這解讀為是在重用鐵蠍族，再加上鐵蠍族原本就是靠組織戰擴展勢力，所以順利地完成了所有任務。

拜此之賜，「鐵蠍族很強」的印象愈來愈深植人心——

「該不會撒旦原本就是想要鐵蠍族，我們只是先拿來充數的棄子。」

最後有些人甚至開始產生這樣的想法。

而且這麼想的人，並不限於下層。

「死了一百人。並有許多人受重傷。」

「可惡的路西菲爾……」

卡米歐在看過完整的報告後仰天長歎，看起來滿腔怒火的亞多拉瑪雷克也粗魯地用鼻子哼了一聲。

雖然艾謝爾面無表情地看著眾人，但撒旦只是窩囊地坐在椅子上，沮喪地垂下頭。

「你打算像那樣窩囊到什麼時候。」

「……」

「……你真的已經變窩囊廢了嗎？」

即使艾謝爾出言挑釁，撒旦還是毫無反應。

那副樣子怎麼看都是因為路西菲爾的反叛大受打擊而陷入憂鬱。

「喂！看來你們的老大已經變痴呆了。」

艾謝爾無奈地將矛頭指向卡米歐和亞多拉瑪雷克。

然而兩人的回答也很令人意外。

「「不用理他。」」

「……？」

儘管這冷淡的回答聽起來像是已經放棄撒旦，但實際上兩人的表現就像是在說——

「那又怎樣。」

感覺他們對撒旦現在的狀態絲毫不以為意。

「比起這個，你才該好好做事，就只有鐵蠍族的損害報告還不清楚喔。」

然後亞多拉瑪雷克指出艾謝爾報告的缺失。

「在下早就知道事情遲早會變成這樣。儘管這麼說對死者不太好意思，但這人數遠比在下之前預料的少。」

按照卡米歐的說法，路西菲爾的反叛與伴隨的破壞行動似乎早就在他的意料之中。

不明所以的艾謝爾一皺起眉頭，至今動也不動的撒旦就突然起身。

「嗯？」

這項突然的行動讓艾謝爾驚訝地睜大眼睛，撒旦不知為何像是整個人脫胎換骨般，變得笑容滿面。

「好，我心裡大致有個底了。卡米歐。」

「嗯。根據報告，路西菲爾似乎前往南方了。」

「果然啊。亞多拉瑪雷克。」

「雖然對某位大豪族大人不好意思……」

亞多拉瑪雷克的語氣聽起來毫不愧疚，他以單眼瞪向艾謝爾，露出邪惡的笑容。

「但好像連鐵蠍族都陷入苦戰，出現了許多犧牲者。流浪惡魔們與我等眷屬也蒙受極大的損害。雖然要看路西菲爾接下來會選擇哪條路線飛行，但如果不先讓這附近的部下們撤退，可

能會有危險。」

「我允許。立刻要他們撤退。總之叫他們盡快逃回來。」

「遵命。」

「咦……？」

撒旦突然恢復精神，而且即使他根本沒下什麼像樣的指示，卡米歐和亞多拉瑪雷克仍確實回答了撒旦想要的答案，讓艾謝爾驚訝不已。

「那麼路西菲爾的空缺就先由我來填補。亞多拉瑪雷克去準備迎接那些撤退的人。然後卡米歐……」

撒旦看向艾謝爾，以純真的表情笑道：

「你跟艾謝爾說明一下狀況。」

「遵命。」

過沒多久，半毀的圓桌會議廳已經只剩下卡米歐和艾謝爾兩人。

「……這是怎麼回事？」

跟不上狀況的艾謝爾非常生氣，卡米歐有些愧疚地解釋：

「艾謝爾大人，您加入魔王軍的日子尚淺。要不是發生了這樣的事情，您應該不會認真對我們產生興趣吧。」

「什麼……」

「所以一直到今天為止，我們與您共享的都只有最低限度的情報。關於這點，在下要先向您道歉。」

儘管卡米歐說得完全沒錯，但既然艾謝爾已經算是歸順魔王軍，只有自己無法獲得完整的情報，還是令他感到不滿。

「請看這個。」

不曉得卡米歐是否了解艾謝爾內心的想法，他將手伸向變成噴水池的圓桌。

接著下一個瞬間，圓桌上居然浮現出帶有魔力光芒的立體畫面。

「這個……是顯示地形嗎？」

原本打算抱怨幾句的艾謝爾，在發現浮現出來的地形圖意外詳細後驚訝地睜大眼睛。

看來那似乎是兩人目前所在的蒼角族岩寨周邊的地形圖。

艾謝爾對那些荒野、沙漠與險峻的山脈地形有印象。

「與汝等鐵蠍族合併後，若只看人數，魔王軍已經是魔界北方最大的勢力。不過如您所知，最大勢力並不等於最強。以這座岩寨為中心，在與鐵蠍族舊有領域相對的另一側，還隱藏了許多豪族與強者。」

岩寨的東側是路西菲爾過去當成根據地的沙塵荒野、卡米歐等帕哈洛．戴尼諾族潛伏的奇

岩地帶，以及被鐵蠍族當成大本營的岩山地帶。

卡米歐一揮手，地形圖便配合他的說明移動到另一側——亦即岩寨的西方。

「事到如今，這還用你說嗎？」

岩寨的西邊是一片長著鐵葉的古代巨木森林，那裡有許多惡魔潛伏在暗處。

穿過森林後，是一座完全照不到光的大峽谷，據說在那裡的壁面上，有古代惡魔的住所與不論容貌或生態都宛如巨岩的岩石惡魔巴布雷姆的巢穴。

艾謝爾在降服魔王軍前就很清楚這些事情，而在降服後，他與鐵蠍族的主要任務就是進一步鞏固北方的地盤，因此他們也曾入侵過那些部族位於岩寨西方的棲息地。

「不過坦白講，這些傢伙現在都可以先不用管。我們目前最為警戒的是南方。」

卡米歐繼續揮動手臂，地形圖開始往南方移動。

不過直到剛才都詳細地描繪出岩寨東方與西方的地形圖，一過了南邊的某條大河就逐漸變模糊，最後甚至連圖都沒有。

「這個地形圖，是帕哈洛．戴尼諾族收集的情報嗎？」

艾謝爾一問，卡米歐就表情苦澀地點頭。

「這表示那些人在這裡就被你們的『真正目標』殲滅了嗎？」

「正是如此。」

若從被稱為魔界北方的地區往南前進，就會發現那裡和北方一樣棲息了各式各樣的惡魔，其中也有幾個人口特別多的種族。

「那個男人還真是貪心。」

艾謝爾傻眼地說道。

「不只我等鐵蠍族，他是認真想將馬勒布朗契也納入支配嗎？」

馬勒布朗契族。

他們的臂力與魔法比不上蒼角族，統率與防禦力比不上鐵蠍族，飛行能力也比不上帕哈洛．戴尼諾族。

但數量非常龐大。

馬勒布朗契的身體乍看之下沒有任何針對魔法特化的部分，所以看起來和撒旦出身的黑羊族沒什麼兩樣，只是一個平庸的部族，但馬勒布朗契的強悍之處，在於鐵蠍族即使把非戰鬥人員也一起算進去，仍然比不上的龐大人口。

亞多拉瑪雷克過去曾發下豪語，說只要一名蒼角族的戰士打倒五名鐵蠍族的戰士，就能戰勝鐵蠍族，依照這樣的理論，艾謝爾認為一名鐵蠍族必須打倒兩名馬勒布朗契才行。

即使是單一個體戰力不強的部族，靠數量累積起來的力量仍不可小覷。

之前曾有一群不願意歸順撒旦的蒼角族自己挑戰鐵蠍族，結果輕易就被對方擊敗，同樣的

道理，馬勒布朗契的強悍之處，在於他們能派五十名不怕死的士兵去圍剿一名與他們敵對的戰士，將對方凌虐致死。

更難纏的是，馬勒布朗契擅長幻覺魔法，在鐵蠍族漫長的歷史中，他們也曾吃過這招好幾次虧。

原本就兵力充沛的馬勒布朗契擅長使用幻覺讓自己的軍隊看起來更多，藉此讓敵人陷入混亂，實際開戰的時候，根本就無法預料他們派出多少兵力。

儘管他們不會積極地與其他部族起爭執，但只要一開戰，就必須做好被長在四肢末端的凶惡利爪從四面八方攻擊的覺悟。

帕哈洛·戴尼諾族精心製作的詳細魔法地形圖只延伸到某個地區就中斷，也是因為受到想要守護棲息地的馬勒布朗契集團阻撓吧。

帕哈洛的戰士們戰鬥經驗豐富，實力在魔王軍內也算是十分優秀。

由此可見馬勒布朗契的威脅性有多大。

「……嗯？」

此時艾謝爾發現一件事。

他和鐵蠍族最近鎮壓的岩寨西部地區，已經沒有大規模的勢力，頂多只剩下一些少數部族和單獨行動的強悍流浪惡魔。

另一方面，由於從北方前往南方的路線大多被馬勒布朗契的領域阻斷，因此南方還有許多無人涉足的地區。

艾謝爾也不曉得馬勒布朗契究竟過著什麼樣的生活，不過——

「魔鳥將軍，我記得路西菲爾曾僅憑一人之力大鬧沙塵荒野，並且消滅了許多支少數部族吧。」

「沒錯。」

「……您剛才說他前往南方了。」

「在下收到的報告是這麼說的。」

卡米歐語氣平淡地回答，艾謝爾忍不住驚訝地說道：

「該不會……他是看準了這個時機……」

如果這些狀況都是事先計畫好的，那撒旦這男人果然不是個簡單人物，就在艾謝爾這麼想時。

「怎麼可能。只是偶然啦。」

卡米歐像是看穿艾謝爾的想法般，聳聳肩膀與翅膀驚訝地說道：

「艾謝爾大人該不會以為一切都是撒旦的計策吧？岩寨西方較為顯眼的惡魔已經被汝等鐵蠍族擊潰，所以只要讓背叛我們的路西菲爾前往南方，他就會將不滿與鬱悶都發洩在馬勒布朗契們身上。只要讓路西菲爾大鬧一場引發混亂，我們就能趁馬勒布朗契數量減少時展開突擊，藉機併吞他們之類的？」

「……唔。」

雖然不甘心，但一切正如卡米歐所言。

然而漂亮看穿艾謝爾想法的卡米歐重新看向地形圖，語氣疲憊地說道：

「不好意思，您太看得起撒旦那個小鬼頭了。實際上正好完全相反。路西菲爾挑了一個最壞的時機反叛，這一切都是撒旦的失策。」

「失策？」

「沒錯。雖然之前都沒說，但在下早就預料到路西菲爾遲早會爆發，所以也事先擬定了一些對策，以防路西菲爾做出什麼意外之舉。畢竟他可是最強的流浪惡魔，完全不曉得他會因為什麼無聊的理由生氣，然後加害我們。」

卡米歐邊說邊將地形圖移到之前進行大會戰的荒野。

「然而以路西菲爾來說，直到與鐵蠍族大戰之前，他都算是意外地合作，不僅承擔重要的任務，還會用自己的方式照顧其他流浪惡魔。所以那個笨蛋……才會樂觀地期待路西菲爾不會背叛，或是起壞念頭。」

卡米歐不悅地揮了一下手讓地形圖消失，然後從圓桌的底座拿出一面石板給艾謝爾看。

「……文字啊。好久沒看見了。」

撒旦與卡米歐現在正努力對全魔王軍進行教育，而其中一樣就是魔界失傳已久的「文字」文化。

儘管過程並不順利，但力量愈弱小的部族愈容易積極學習文字。

「如艾謝爾大人所知，撒旦最終的野心是統一魔界。為了這個目的，我們必須維持強到不需要害怕馬勒布朗契或其他未知強者的戰力。結果路西菲爾（最強的流浪惡魔）卻在這時候離開，光是這樣，就足以讓我們在與敵人戰鬥時多落後兩三步。」

石板上簡潔地記載了魔王軍現在的部隊組織表，由此便能清楚看出路西菲爾離開後，減少的將不只他一個人的戰力，同時也會讓他底下的流浪惡魔部隊的指揮系統陷入混亂。

「而且若想統一魔界，就必須捨棄只要能擊敗敵人就好的想法。敵人是未來的夥伴。要是讓那些人被路西菲爾隨意殺害，未來就沒機會和解了。」

「……我能理解你們的理想，但不可能將所有的敵人都併吞吧。難道不應該考慮徹底殲滅一兩個種族嗎？」

卡米歐乾脆地否定艾謝爾的主張。

「不可能。如果對手只有一兩千人也就算了，若想殲滅數量龐大的馬勒布朗契，不曉得要犧牲多少時間與性命。一旦選錯方法，就連我們也會因為長期的戰爭陷入疲弊，而且難保之後不會出現新的背叛者。」

卡米歐收起石板，以疲憊的眼神看向艾謝爾。

「實際上，撒旦之所以提議要和艾謝爾大人單挑，也是為了阻止鐵蠍族的犧牲者再繼續增加吧？雖然讓多一點敵人活下來，乍看之下是留下紛亂的禍根，但等跨越這些障礙後，就能增加更多強大的同伴。」

「……」

無法接受。

但卡米歐的理論確實是無懈可擊。

「總而言之，撒旦到這裡為止都還算好……唉，不過那小子從以前開始就有個壞習慣，只要有一件事情進展順利，之後就會變得得意忘形又沒耐性。」

魔鳥將軍在嘆氣的同時瞇起眼睛，他的視線已經從艾謝爾臉上移到遙遠的過去。

「他總是動不動就賭上自己的性命，尤其是在和亞多拉瑪雷克大人一戰後，這個傾向又變得更明顯……對了，在改良飛龍時，他也不曉得騎垮了幾頭龍，真是拿他沒辦法，話說他之前……」

看見老人開始沉浸在回憶的泥沼中，判斷話題已經結束的艾謝爾離開圓桌會議廳。

即使艾謝爾已經離開，老人仍未從回憶中抽身。

「大概是得到艾謝爾(鐵蠍族)大人讓他太高興了……姑且不論在下和亞多拉瑪雷克大人，原本就被粗魯對待的路西菲爾在看見他那個樣子後，不感到急躁才奇怪呢……」

既然自己的預測是錯的，那撒旦和亞多拉瑪雷克為何要讓被派去南方的部隊撤退呢？

若卡米歐所言屬實，那即使會面臨苦戰，也沒必要這麼急著讓部隊撤退。

難不成是為了避免他們被捲入路西菲爾的怒氣。

才剛想到這裡，艾謝爾就收到撒旦傳來的概念收發(idea-link)。

『艾謝爾！你在哪裡！聽見的話就快來岩寨山腳的練兵場！』

撒旦的聲音聽起來十分慌張，到底是發生了什麼事情？

雖然能忽視這項指示，但艾謝爾也想釐清自己的疑問，因此在姑且回應了一聲後，他悠然地前往練兵場。

蒼角的岩寨能分成下層、中層和上層，撒旦等將帥聚集的圓桌會議廳在中層。

住所、工廠、飛龍飼育場和練兵場散布在上層與下層。

山腳的練兵場是最寬廣的場所，由流浪惡魔和小部族組成的游擊隊都聚集在那裡，撒旦為何要將艾謝爾叫去那裡呢？

「喔，你來啦！」
「唔！」
即使不必刻意詢問，艾謝爾在抵達練兵場的瞬間，就明白了撒旦的意圖。
在颳著強風的魔界紅色天空下，全副武裝的魔王軍將兵們全體齊聚一堂。
不只是帕哈洛．戴尼諾族、蒼角族與許多流浪惡魔，就連艾謝爾的鐵蠍族也理所當然似的穿著用大量金屬製成的堅固裝備，而且那些金屬都是由魔王軍引以為豪的鍛造集團——多魯多爾夫親手打造。
撒旦和亞多拉瑪雷克也散發出不遜於過去與艾謝爾敵對時的霸氣，親臨現場。
艾謝爾突然理解了。
撒旦恐怕是想緊急與馬勒布朗契族展開全面戰爭。
「看來不需要說明了。」
撒旦在看見艾謝爾驚訝的表情後笑了一下，然後朝數萬名魔王軍將兵揮下精悍的手臂發號施令：
「我軍接下來將前往南方！一口氣攻下至今一直與我們對峙的馬勒布朗契族！各位，跟著我們上吧！」
『喔喔喔喔喔喔喔喔喔喔喔喔喔喔喔喔喔喔喔喔！』

各種怒吼聲與吶喊聲，一齊回應年輕惡魔的號令。

艾謝爾大吃一驚。

重新像這樣檢視過後，就會發現隸屬「魔王軍」的惡魔種類真的是多不勝數。

雖然接在卡米歐、路西菲爾和亞多拉瑪雷克後面成為魔王軍的第四名幹部，並獲得「四天王」這個有模有樣的稱號，但和三位前輩相比，艾謝爾被重用的機會絕對不算多。

就某方面來說，這也是理所當然，艾謝爾總是毫不避諱地宣稱會找機會背叛撒旦，即使接到工作，只要那項任務對魔王軍有利，他就不會認真處理。

所以他對魔王軍麾下究竟有多少惡魔與種族毫無興趣，即使曾聽過數字，也從未產生過現實感。

不過如今出現在他面前的大量惡魔又是如何？

簡直就像是橫跨魔界天空的黑暗彩虹般變得渾然一體，艾謝爾之前從未見過或聽過這樣的集團。

就連對撒旦和蒼角族沒什麼好感的鐵蠍族戰士們，都和周圍的惡魔們一起提升魔力，高聲吶喊呼應撒旦的號令。

究竟要用什麼樣的魔法，擁有多強的力量，才能統一指揮這麼多強者與這麼多想法迴異的惡魔。

「亞多拉瑪雷克，先鋒隊就拜託你了。去吧。」

「交給我吧！」

即使被撒旦——被出身黑羊族這種弱小部族的年輕人傲慢地命令，繼承蒼角族神祖之血的男子仍愉快地服從。

艾謝爾感到一陣暈眩。

這裡不是自己所知的魔界。

眼前這些傢伙也不是自己所知的惡魔。

但百聞不如一見。

就連在那場大會戰的單挑中敗北時，艾謝爾的內心都不曾屈服，但在親眼目睹這個堪稱黑暗彩虹的異形大軍團的實際情況後，他的內心首次受到衝擊。

這個男人是真的打算在不毀滅敵人的情況下，統一整個魔界。

艾謝爾本來以為即使撒旦真的能僥倖實現統一魔界這種無聊的野心，也會在那之前將帕哈洛·戴尼諾族與蒼角族以外的部下趕盡殺絕。

對艾謝爾來說，按照魔界過去的常識，這樣才叫做征服整個魔界。

牛頭的巨大身軀悠然地經過愣住的艾謝爾身邊，同時笑道：

「哼哼，就讓路西菲爾那傢伙見識一下，我們也已經和過去不同了吧。」

下一個瞬間發生的事情，再次讓艾謝爾大吃一驚。

亞多拉瑪雷克龐大的身軀，居然浮了起來。

「什……？」

「怎麼啦，艾謝爾，我亞多拉瑪雷克在空中飛翔，有這麼奇怪嗎？」

亞多拉瑪雷克在看見艾謝爾驚訝的表情後，像是打從心裡感到高興般咧嘴一笑。

這已經不是奇不奇怪的問題。

飛翔的魔法並沒有那麼容易。

天生沒有翅膀的種族如果想要飛翔，就必須耗費比有翅膀的種族多好幾倍的魔力。

實際上在鐵蠍族中，能夠使用飛翔魔法的惡魔也只占全軍的十分之一。

「只要待在這支軍隊裡，就不得不持續追求進步。你要是只會倚靠『撒旦最大的敵人』這個名號不求上進，馬上就會淪為一名普通的士兵喔。嘎哈哈！」

成功讓艾謝爾嚇一跳後，開心得不得了的亞多拉瑪雷克便以從那副龐大的身軀難以想像的速度，飛往被編為先鋒隊的集團。

「……雖然那傢伙說得好像很了不起，但其實他也是最近才學會飛翔。」

就連撒旦戲謔地在艾謝爾耳邊說的話，都未能傳入他的耳中。

本來應該不會飛的蒼角族居然飛了起來，那樣的場景就是如此震撼。

地位愈高的惡魔，愈容易拘泥於出身部族的作風。

例如蒼角族雖然常被認為是倚靠蠻力戰鬥，但他們同時也是擅長魔法的種族。

儘管他們特別擅長水與冰的魔法，但這並不表示他們不會使用火與雷的魔法，只要肯學習，應該也能達到和專精那些技巧的部族一樣的水準。

不過在至今的魔界，惡魔們根本不可能向其他種族「學習」，像亞多拉瑪雷克這樣的族長要是這麼做，一定會被其他種族當成沒原則的膽小鬼，然後被部下推翻。

簡單來講，只有弱小的惡魔才會使用別人的技巧。

但亞多拉瑪雷克剛才用了蒼角族本來不會使用的飛翔魔法。

那自己對此又有何想法？

艾謝爾覺得亞多拉瑪雷克獲得了新的力量。

「……要攻打馬勒布朗契嗎？」

「雖然這不是我的本意。」

撒旦表情嚴肅地點頭回答艾謝爾的問題。

「其實我本來打算等北方的局勢變得更穩固後再這麼做，但既然路西菲爾已經叛變，就沒時間猶豫了。」

撒旦將手抱在胸前仰望天空。

「艾謝爾，我想拜託你指揮左翼的部隊。我在那裡多部署了一些鐵蠍族，你應該能像以前那樣指揮。除了鐵蠍族以外，我還吩咐伊魯修姆和秦剛找了一些容易和鐵蠍族配合的流浪惡魔組成游擊隊。好好使喚他們吧。」

伊魯修姆和秦剛是在之前那場大會戰中，成為魔界史上第一批「俘虜」的鐵蠍族戰士。

雖然在鐵蠍族降服魔王軍後，撒旦允許他們返回原本的隊伍，但他們希望能留在由多個種族組成的游擊隊。

他們在變成俘虜後供出了一些情報，導致鐵蠍族在大會戰中陷入不利，儘管艾謝爾在過了一段期間後也得知了這件事，但他並不打算處罰他們。

不過一想到他們明明只是自己手下的兩名士兵，卻能比自己更早體驗到這個異形軍團有多麼深不可測，就讓艾謝爾感到有些羨慕。

「我本來也想等你更了解我們一些後再正式出兵，但事到如今也無可奈何。我們必須一開戰就壓制對手，別想太多，全力戰鬥吧。不過別超過亞多拉瑪雷克的先鋒隊喔，那邊由我來指揮，或是由在空中偵察的帕哈洛族人下達指示。」

儘管撒旦的指示顯得有些急躁，但不可思議的是——

「……我知道了。」

艾謝爾居然如此回答。

接著不知為何，反而是下達指示的撒旦驚訝地問道：
「……沒關係嗎？」
「什麼意思。」
「呃，我第一次看見你這麼坦率地服從命令。」
這麼說來，的確是這樣沒錯。
「我都說我會處理了，別那麼多廢話。」
「喔、喔，抱歉。拜託你了。」
「……哼。」
艾謝爾不屑地應了一聲後，就按照撒旦的指示飛往位於左翼的陣營。
或許是事先就收到命令，熟悉的鐵蠍戰士們已經恭敬地在底下等待艾謝爾。
艾謝爾一著地，周圍的惡魔們便一齊下跪。
「……感覺真是奇妙。」
自從在大會戰落敗以來，這是艾謝爾首次面對鐵蠍族的大軍。
他們至今仍視艾謝爾為族長，有些人甚至堅決不與魔王軍培養交情。
艾謝爾瞄了站在練兵場指揮臺上的撒旦一眼。
要是艾謝爾現在指示鐵蠍族全軍一齊襲擊其他魔王軍的戰士，事情究竟會變得如何呢？

如果只看人數，整個魔王軍幾乎有一半都是鐵蠍族的戰士。

就讓他後悔留我和族人們一命，並將我們收編旗下吧。

「……準備進軍。目標，岩寨南南西方向的馬勒布朗契族。」

與內心的想法相反，艾謝爾下達了這樣的命令。

「右翼，密切與亞多拉瑪雷克的部隊保持聯絡。南進時別超前他的部隊。要散開就往西邊散開。萬一發現路西菲爾就直接撤退，不要刺激他。那傢伙……是我們的敵人。」

不對，這麼做真的有違自己的心意嗎？

自己剛才下達的指示，已經超過撒旦的命令。

撒旦沒叫艾謝爾與亞多拉瑪雷克的部隊保持聯絡，也沒提到遇見路西菲爾時要怎麼做。

艾謝爾現在仍將亞多拉瑪雷克等人視為敵人，但為了讓鐵蠍族和自己的隊伍能活下來，他還是指示部下要與亞多拉瑪雷克的部隊合作。

事到如今即使不用特別說明，鐵蠍族也會將路西菲爾視為敵人。

既然如此，為何自己要特地強調他是敵人呢？

剛才講的「我們」，究竟是指哪些人。

「前進！」

像是為了擺脫內心的迷惘般，艾謝爾大聲下令。

「看來總算避開最壞的情況了。」

「……嗯。」

在看見艾謝爾的隊伍按照指示進軍後，撒旦和卡米歐都各自鬆了口氣。

路西菲爾的反叛可能引發的最大危機，並不是無法併吞馬勒布朗契。

艾謝爾和鐵蠍族反叛，才是他們最擔心的狀況。

撒旦他們比誰都清楚艾謝爾仍將自己當成敵人。

所以要是艾謝爾趁堪稱魔王軍最大戰力的路西菲爾反叛時，也跟著率領鐵蠍族從內部掀起戰端，魔王軍就會徹底潰敗。

別說是進攻馬勒布朗契了，或許反而是馬勒布朗契會主動攻過來，趁機瓦解北方最大的勢力。

除了鐵蠍族以外，其他部族也可能會呼應叛亂。

「總之我們突破了第一道難關，但第二道難關馬上就要來了。」

即使對能夠順利進軍感到鬆了口氣，卡米歐仍接著提醒撒旦，後者也點頭回答：

「我知道。既然艾謝爾願意乖乖遵從命令，接下來就得趕在路西菲爾過度騷擾馬勒布朗契前開戰。光是想到要打倒那麼多敵人，就讓人感到頭痛。我不在的期間，你就盡可能將城寨恢復成以前的狀態。」

「交給在下吧。臭路西菲爾，居然替我們增加多餘的工作。」

卡米歐在爽快答應的同時，也不忘怒罵路西菲爾一頓。

「和路西菲爾相比，馬勒布朗契的戰士根本是一群小嘍囉……要是讓那傢伙任意殘殺馬勒布朗契，不曉得戰後的善後工作會變得多困難。明明光是在弄清楚馬勒布朗契的生態之前讓全軍出動就已經夠麻煩了。」

「……」

撒旦看了一下南方的天空後說道：

「唉，所以我才會從一開始就參戰。由我來指揮所有的流浪惡魔，萬一路西菲爾從中阻撓，就只能由我來對付他了。希望事情不會發展成那樣。」

「那些傢伙應該是這麼想的吧。」

在南方的天空緩緩飛行的路西菲爾，已經深入馬勒布朗契位於魔界南方的棲息地。

他途中當然有遭遇馬勒布朗契族的妨礙，但一、二十隻馬勒布朗契對路西菲爾來說根本不

算什麼。

路西菲爾筆直飛往有許多魔力聚集的方向。

沒多久，路西菲爾就發現數量多到和先前完全不能比的馬勒布朗契，他們是在感應到路西菲爾強大的魔力後，才像一群飛蟲般聚集起來準備迎擊他。

「如果不想死的話，最好還是別多管閒事。」

在迎擊隊的遙遠後方，有一股特別強大的魔力，路西菲爾露出邪惡的笑容，以超高速筆直朝那裡下降。

幾乎所有馬勒布朗契都來不及對路西菲爾的異常舉動做出反應，倒楣擋住路西菲爾去路的馬勒布朗契，光是被他的身體撞到就全身爆裂，喪失性命。

在地面上，聚集了遠比升空迎擊的人數要多的馬勒布朗契，路西菲爾像顆隕石般墜入那群馬勒布朗契的中心。

幾十名馬勒布朗契因為那股爆炸的衝擊失去性命，讓許多馬勒布朗契陷入恐慌狀態，但在那當中，只有一名男子泰然自若地看向路西菲爾。

「哎呀，這還真是稀客。」

男子擁有馬勒布朗契獨特的四支利爪和消瘦的身體。像是為了隱藏即使和鐵蠍族相比也算矮小的身軀，那名男子還披著一件連稱做斗篷都嫌太過破爛的破布。

如果只看外表，男子其實和其他馬勒布朗契沒什麼兩樣。

「那對翅膀，那股魔力，以及奇妙的容貌。呵呵呵，魔界北方最強的知名流浪惡魔，來這裡到底有什麼事？」

即使目睹路西菲爾破天荒的登場，男子仍發出宛如卡在喉嚨深處般的低沉笑聲，露出彷彿在接待客人的笑容，站在路西菲爾面前。

「你就是這些傢伙的老大？」

路西菲爾以和先前不同的慎重態度，向這名外表和其他馬勒布朗契沒兩樣的男子問道。

「這個嘛，雖然不清楚您說的『這些傢伙』是指哪些人，但就先當成是這樣吧。我記得您的名字，是叫路西菲爾吧。」

「沒錯。」

即使周圍的馬勒布朗契們都緊張地注視路西菲爾的一舉一動，但他們是否真能理解下一個瞬間究竟發生了什麼事呢？

若無其事地回答完後，路西菲爾周圍突然湧出紫色的光球。

那和熱線一樣，是路西菲爾施展的可怕魔法，只要一碰到就會被燒成焦炭，但那些光球在出現的同時就化為細微煙霧，迅速消滅。

「……原來如此。」

「您滿意了嗎？」

路西菲爾和披著破爛斗篷的馬勒布朗契，對彼此露出邪惡的微笑。

「雖然我聽說你們不怎麼強，但還滿靈巧的嘛。」

「呵呵呵，弱者為了生存，只能多磨練一些小伎倆。」

路西菲爾剛才原本是為了一口氣消滅眼前與周圍的馬勒布朗契，才會發出光球。

但披著破爛斗篷的馬勒布朗契連爪子都沒動，就切斷了光球與路西菲爾的魔力連結。

雖然失去控制的光球最後因此消散，但這並非誰都能辦到的招式，何況就連在魔王軍內，或許也沒人能瞬間對應路西菲爾的突襲。

「那麼，雖然您尚未說明自己的來意，但您應該做好視內容而定，最強的流浪惡魔之名可能會在這裡終結的覺悟了吧？呵呵呵。」

「辦不到就別亂講。不過放心吧，我不是來找你們吵架的。」

這實在不像是來到這裡之前殺了快一百隻馬勒布朗契的人會說的話，但雙方都不在意這件事情。

那一百隻惡魔輸給了路西菲爾。

在魔界，弱小與落敗本身就是一種罪，以命贖罪是理所當然的事情。

「而且感覺周圍有一群和你差不多強的傢伙在發現我接近這裡後，就來到這附近。我還沒蠢到在這種情況下和你起爭執。」

「哎呀，呵呵呵，我聽說名叫路西菲爾的惡魔，是個不管看見什麼都只會當成獵物的殘忍獵人，但看來您的腦袋意外地還不錯呢。」

「說話小心一點，我雖然不笨，但脾氣不怎麼好。」

路西菲爾警告完對方後，指向自己剛才飛過的北方天空。

「再過不久，北方就會派人來攻打這裡。」

「哎呀，是指最近在北方興起的那個自稱『魔王』的集團嗎？我偶爾會聽到他們的消息，據說他們聚集了各式各樣的種族團結起來戰鬥，不過，原來他們要攻打這裡啊，呵呵呵。」

「沒錯。我已經和他們斷絕關係，所以他們應該會急忙進攻這裡。那些傢伙以為我會不分青紅皂白地虐殺你們。這樣會妨礙到他們想達成的目的。」

「喔！斷絕關係啊！最強的流浪惡魔，居然曾經棲身於那塊聚集了各種垃圾的朽木上！呵呵呵！」

「我才沒棲身在那裡。我一開始只是被人拜託，覺得有趣才協助他們。現在覺得無聊就走了。就只是這樣而已。」

「唉，這方面的事情不管怎樣都無所謂。那麼路西菲爾先生，您特地通知我們這件事，究竟是有什麼目的？」

「……為了好玩。」

「好玩嗎？」

「嗯，沒錯！」

路西菲爾張開雙手，露出殘忍的笑容。

「無論何時，我最看重的都是自己的樂趣。想戰就戰，想殺就殺，想睡就睡。我不受任何人指示，只有為了自身而活時，最能讓我感受到自己真正活著……不過那些傢伙想要限制並干涉我的生活方式，所以我要讓他們付出代價。」

「原來如此。」

「我想要破壞那傢伙建立起來的東西。」

路西菲爾露出宛如孩子般天真無邪，但同時也宛如惡魔般凶暴的笑容。

「我迫不及待地想知道之後會發生什麼事情，那些傢伙會露出什麼樣的表情，用什麼樣子流血。所以為了這個目的，我要利用你們。」

「喔？要怎麼利用？」

即使被敵人團團包圍，路西菲爾仍傲慢地說要利用這些敵人，披著破爛斗篷的馬勒布朗契充滿興趣地催促他繼續說下去。

「要是被外人隨意入侵，你們應該也會很生氣吧？所以當然要開戰吧？如果事情變成那樣，我願意助你們一臂之力。」

「喔。」

「根據我目前為止的經驗，馬勒布朗契的士兵雖然比那些傢伙弱，但十分團結。所以雙方應該是勢均力敵，只要你們和現在聚集到這附近的其他同伴聯手，應該就能輕易取勝。不過我想加入你們，讓那些傢伙體驗絕望。」

「……呵呵呵。」

披著破爛斗篷的馬勒布朗契露出若有深意的笑容，然後乾脆地點頭。

「好吧。雖然我很意外最強的流浪惡魔居然會站在我們這邊，但這可是求之不得的事情。就讓我們好好利用您吧。」

「請、請等一下？」

「您是認真的嗎？這樣……到底該怎麼向其他頭目交代！」

與其他種族聯手迎擊敵人。

披著破爛斗篷的男子一做出這偏離常識的回答，周圍的馬勒布朗契們就接連提出反論。

不過──

「呃、呃啊啊啊？」

「嘎啊？」

披著破爛斗篷的男子只瞪了反對者一眼，他們的腹部就像是被從體內炸開般變得皮開肉綻，連骨頭也跟著碎裂，就這樣當場倒地喪命。

「那是由我和其他頭目決定的事情，既然沒什麼想法，就別反射性地提出那種畏縮的意見。呵呵呵。」

披著破爛斗篷的男子面不改色地笑道，然後馬上看向路西菲爾。

「看來你似乎擁有和一般惡魔不同的奇妙想法。我對你的那種思考方式產生了一些興趣。再過不久，『頭目』們就會齊聚一堂。等向他們報告這件事並正式取得他們的同意後，就一起來準備應對北方蠻族的入侵吧。」

「決定得真快。看來你的腦袋也不錯呢。」

路西菲爾愉快地點頭，輕輕向披著破爛斗篷的男子低頭行了一禮表示敬意。

「暫時要請你多多指教了。馬勒布朗契族首席頭目，馬納果達。」

「哎呀，真是光榮。沒想到您早就知道我的名字。路西菲爾先生，我才要請您多多指教呢。呵呵呵。」

披著破爛斗篷的馬勒布朗契名叫馬納果達。

這名外表看起來還是一樣不怎麼強，但能夠使用馬勒布朗契族史上最強的著名魔法與戰鬥技術的男子，同樣對路西菲爾輕輕行了一禮。

馬勒布朗契族整體來說是一個種族，但隨著居住的地區不同，身體特徵和擅長的戰鬥方式也會有微妙的不同，而每個地區都有一名「頭目」，負責統率自己隸屬的集團。

例如首席頭目馬納果達率領的集團雖然身體沒什麼特徵，但總之都擁有豐富的魔力。

年輕的頭目西里亞特率領的集團，都同樣擁有銳利的尖牙，擅長需要飛行的空中戰；體型矮胖的頭目德拉基亞索率領的集團，擁有所有族人當中最為強韌的雙爪。

儘管人數稀少，但個體戰鬥力最高的路比岡德率領的集團，外表大多十分魁梧，不僅膚色比其他種族紅，個性也比其他集團凶暴。

「那麼，馬納果達大人的意思是要接受那個流浪惡魔的提議嗎？」

面對在魔界算是極為稀奇的女性戰士、擁有一頭髮量豐沛的蓬髮並擅長幻覺魔法的頭目夸卡比娜提出的問題，馬納果達點頭回答：

「沒錯，夸卡比娜小姐。呵呵呵，您想想看，最強的流浪惡魔說要不求回報地協助我們。這樣沒理由不接受吧。」

「我還是很難相信外人會站在我們這邊。」

身材魁梧的路比岡德懷疑似的瞪向百無聊賴地站在馬納果達旁邊的路西菲爾。

「我的想法也和路比岡德大人一樣。那傢伙不是馬勒布朗契，是踏入我們領域的外敵，應該現在就處分他。」

西里亞特也贊同路比岡德的意見。

「各位先等一下。就算想處分他，對方也不是那麼容易應付的對手。」

德拉基亞索打斷路比岡德和西里亞特。

「路西菲爾是在南方也非常有名的最強流浪惡魔喔？除了馬納果達大人以外，應該沒人能和他正面對抗吧。既然馬納果達大人說要和他合作，那這件事等於已經確定了吧？」

「喂，德拉基，你剛才說什麼。你說只有馬納果達有辦法和那個小不點打？」

德拉基亞索的發言瞬間激怒了路比岡德。

「雖然魔法可能比馬納果達略遜一籌，但本大爺才是最強的馬勒布朗契。而且我可不贊成這件事喔。」

德拉基亞索一被路比岡德威脅，就有點害怕地露出討好的笑容。

「哎呀，路比岡德先生，不曉得您上次贏過我，已經是多久以前的事了，呵呵呵。」

然而馬納果達本人卻像是在嘲弄路比岡德般如此笑道。

「……嘖。」

馬納果達光用笑聲，就制止了路比岡德的行動。

由於馬納果達的外表看起來極為冷靜，因此根本摸不透他的情緒。

此外他還擁有超一流的魔法實力，要是因為被他突襲而少了一隻手臂，那可就麻煩了。

雖然如果正面對決，路比岡德有自信能夠獲勝，但馬納果達原本就不是會和人正面對決的類型。

「……既然馬納果達大人都這麼說了，那我也不反對。不過請您答應我，之後至少要和目前不在場的格拉非岡、利比科古和卡尼查歐商量一下。」

「哎呀，夸卡比娜小姐，請問這是什麼意思？」

「就是字面上的意思。他們正在防衛南方，無法立刻趕回來，但如果路西菲爾所言屬實，真的有強敵要從北方攻打這裡，那要是不等他們參戰就直接下決定，之後可能會留下爭議的火種。」

「啊？那是怎樣？」

因為受不了頭目們的冗長討論，路西菲爾打斷夸卡比娜。

「那些傢伙明明離這裡很遠，為什麼要徵詢他們的判斷啊？我不是說北方馬上就會有敵人過來嗎？直接由現場的這些人處理不就好了。」

「路西菲爾先生，我們有我們的作法。」

馬納果達出乎意料地表示反對。

「種族的危機，必須由所有頭目團結一致地面對。這是我等馬勒布朗契的鐵則。要是打破這個規矩，四散各地的頭目與他們率領的族人們之間的勢力關係就會產生變化，不僅可能引發頭目間的爭執，各集團內的下屬也可能會想推翻上級。若無視剩下的三名頭目，就連我的地位都會變得岌岌可危。畢竟我單純只是頭目中最強的一個，我們彼此之間並非主從關係。一旦被其他頭目圍攻，就算是我也無法平安無事。」

「……唔哇，效率真差……」

如果是魔王軍，能行動的人馬上就會去最前線防守，等後方做好準備後，就一口氣發動總攻擊。

不過從現場的氣氛來看，在統整完所有頭目的意見前，馬勒布朗契們都不打算阻止敵人進攻，要到全軍集合後才會主動開戰。

因為這次撒旦率領的魔王軍陣容浩大，所以這麼做看起來並不奇怪，但該不會他們面對所有的外敵，都是採取這樣的戰略吧。

不過如果馬勒布朗契至今都是採取這樣的作法，那路西菲爾就算插嘴也沒用，而且這也不是靠蠻力就能解決的問題。

「……那我一個人先……」

既然馬勒布朗契不願意立刻行動，路西菲爾本來想提議不如讓自己先上前線——

「哎呀，怎麼了嗎？」

「……不，沒什麼。」

但他馬上就閉嘴了。

因為這麼做沒意義。

如果路西菲爾的目的是想保護馬勒布朗契族，他就會認為應該馬上去迎擊魔王軍，替頭目們爭取會合的時間。

但他的目的並非保護馬勒布朗契族，而是妨礙撒旦和卡米歐，讓他們難堪。

魔王軍原本就是因為路西菲爾叛變才會全軍出動，要是他獨自面對魔王軍，一定會被圍攻，這樣他也無法平安無事。

這樣他真的就只能替馬勒布朗契爭取時間，不僅無法妨礙魔王軍，還會因為被撒旦、亞多拉瑪雷克和卡米歐——或許還要加上艾謝爾——圍攻而敗北。

為了向撒旦報復自己在魔王軍浪費的時間和受到的委屈，路西菲爾無論如何都必須和馬勒布朗契一起與魔王軍戰鬥，讓撒旦向他屈服。

不過馬勒布朗契們當然無從得知路西菲爾的想法。

即使頭目們率領的集團多少有些差異，但基本上所有人都是馬勒布朗契，不可能像魔王軍那樣將一群無論出身或生長環境都不同的人們聚集在一起。

即使路西菲爾人就在這裡，他們也只把他當成一個好像很有名、但講話奇怪的傢伙。

「這是怎麼回事……一切都無法隨心所欲。真是氣人。」

難得離開了充滿拘束的魔王軍，結果只是周圍換成其他人，自己想做的事情還是必須受到別人的限制。

「話說這些傢伙明明是同一種族，為什麼行動這麼緩慢啊……」

路西菲爾焦急地看向頭目們，他們至今仍在爭論要如何處置路西菲爾，以及他帶來的情報是否可信。

如果是魔王軍的幹部們，這點程度的議論應該不用一小時就會有結論，並且早就開始行動了。

既然這些傢伙是同族，那理應比魔王軍更容易溝通，所以路西菲爾實在無法理解他們到底在吵什麼。

路西菲爾沒發現自己正不自覺地拿馬勒布朗契和魔王軍比較。

「……那算了。總之在其他不在場的頭目來之前，我不會亂來，但你們到底打算怎麼辦？不管你們相不相信，魔王軍是真的要從北方打過來。難道這段期間你們打算默默地看著外敵進軍嗎？」

就在所有頭目都一齊看向傻眼的路西菲爾時——

「我們當然沒這個打算，呵呵呵。」

馬納果達緩緩起身。

「我之所以能被稱為首席頭目並領導這些人，並非單純只是因為我比其他人強。」

「哼，真會吹噓。」

即使路比岡德口出惡言，馬納果達仍表情從容地接著說道：

「這次入侵的外敵軍勢浩大，所以就算首席頭目先獨自前往應戰，其他人也不會有怨言。就由我先去擔任斥候，見識一下那些叫魔王軍的傢伙們有多厲害吧，呵呵呵。」

「啊？」

這下就連路西菲爾也嚇了一跳。

雖然不曉得馬納果達對自己的實力多有自信，但這次來犯的魔王軍內，應該也包含了亞多拉瑪雷克和艾謝爾。

而馬納果達打算獨自與他們戰鬥。

「路西菲爾先生，您也一起來吧。由我們兩人去拖延他們，這段期間南部的頭目們應該也到齊了。沒什麼大不了的，雖然不曉得敵人的狀況，但只要集合我們兩人的力量，不管來多少大軍都不算什麼。」

「……」

對熟知魔王軍陣容的路西菲爾來說，這麼做實在是太有勇無謀了。

「話先說在前頭，所有蒼角族和鐵蠍族，以及他們的族長都一起攻過來囉？」

「哎呀！那還真是不得了！」

路西菲爾原本是想提出忠告，但馬納果達不知為何開心地拍手叫好：

「亞多拉瑪雷克和艾謝爾居然聯手了？真是有趣！我對那個集團愈來愈有興趣了！呵呵呵，聽說他們的老大撒旦，是出身於沒沒無名的少數部族，我真想向他請教他到底是用了什麼魔法，才能引發這樣的奇蹟，呵呵呵！」

「喂……我不是這個意思……」

「……路西菲爾先生，請您別太小看我了。」

馬納果達張開雙手，對傻眼的路西菲爾露出純真的笑容。

「馬勒布朗契有六萬名戰士。您認為立於其頂點的我，會毫無根據地說出這種大話嗎？」

※

這次出動的魔王軍約三萬。

在分隔魔界北方和南方的湍急大河前，打頭陣的蒼角族族長亞多拉瑪雷克用他自豪的冰魔法將河面凍結，讓大軍得以渡河。

「……唔。」

不過擁有硬質皮膚的鐵蠍族腳底莫名容易黏在冰上，令人煩躁。

即使知道這是單純的物理現象，艾謝爾還是隱約感覺到亞多拉瑪雷克的惡意。

鐵蠍族的成員們也隱隱皺起眉頭，在他們忍著從腳底傳來的冰冷不適感渡完河後，艾謝爾回頭看向剛渡過的大河。

「……來人啊，將我的作戰提案轉達給亞多拉瑪雷克隊和撒旦隊，說為了以防萬一，本隊將留一千五百名士兵在北岸不渡河。」

「遵命！」

骸魔道族的魔法師出聲回應。

一道魔法的光芒閃過由骨頭組成的漆黑眼窩，沒多久——

「撒旦大人的隊伍回覆。『留下一千名士兵，剩下的五百名由我的隊伍填補。』」

「亞多拉瑪雷克呢？」

「對方表示已經留下三百名蒼角族的魔法隊待命。」

「……這樣啊。」

艾謝爾閉眼思考了一下——

「聯絡秦剛的隊伍，除了剛才的一千名士兵以外，再另外留下兩百名鐵蠍的砲術隊。」

「屬下立刻轉達。」

聽完骸魔道族的報告後，艾謝爾再次將臉轉回正面，將手抵在下顎說道：

「太容易了，這是怎麼回事？」

對馬勒布朗契族來說，這條大河是標示領域的自然國境線。

他們有可能讓大軍像這樣輕易渡河嗎？

雖然偶爾會從亞多拉瑪雷克隊那裡收到遭遇少量馬勒布朗契的報告，但相對於魔王軍預測的馬勒布朗契人口總數，那數量實在是少到令人難以置信。

亞多拉瑪雷克恐怕也很在意這件事。

所以那個性格莽撞的男人，才會將有辦法使用冰魔法讓軍隊渡河的蒼角族留在北方吧。

亞多拉瑪雷克和撒旦都對進軍過於順利這點感到不安。

不過即使艾謝爾自己派出斥候，也完全也找不到足以和魔王軍對抗的大軍，這附近也沒有能夠藏匿大軍的地形。

「逃跑了……嗎？」

對手沒動靜到讓人只能如此認為。

這麼龐大的軍隊在移動，馬勒布朗契不可能沒發現。

所以剩下的可能性，就只有他們為了避免和魔王軍起衝突，選擇帶所有族人逃跑……

「不對，若是如此，那地形圖應該早就完成了。至少應該有一群趕跑帕哈洛、並擊退我軍在出發前派出的偵察部隊的傢伙。這到底是……」

就在艾謝爾開始摸索各種可能性時——

「亞多拉瑪雷克隊傳來聯絡…………咦？」

旁邊的骸魔道族高聲喊出收到的概念收發，但馬上語塞。

「發生什麼事了。」

某種無法言喻的預感，讓艾謝爾催促骸魔道族繼續說下去，而從骸魔道族喀喀作響的嘴巴裡吐出的，是令人難以置信的內容。

「亞、亞、亞多拉瑪雷克隊潰敗。敵人……只有兩個人？這是怎麼回事！」

「你說什麼？」

包含蒼角族的精銳在內，亞多拉瑪雷克率領的先鋒隊有一萬五千名士兵。

這樣的人數，怎麼可能會被僅僅兩人擊敗。

或許是收到的概念收發原本就很混亂，骸魔道族在這段期間也接連喊出雜亂的情報。

「什麼？不是兩人，是一萬人？喂！別隨便亂說啊！講得精確一點……突然從天空湧出？被從背後突襲？你到底在說什麼！喂！喂！」

「……看來狀況似乎非比尋常。」

「是的……不過兩人怎麼會突然增加到一萬人……嗯？」

就在此時。

艾謝爾率領的部隊後方。

從剛才離開的大河的方向，傳來低沉的爆炸聲。

「怎麼了？」

那明顯是戰鬥的聲音。

接著是怒吼、斬擊和放出魔法的反應。

沒多久，用不著艾謝爾下達釐清情況的命令，負傷的鐵蠍族戰士就緊急趕來報告。

「是馬勒布朗契！後方隊伍遭到大部隊奇襲，現在各處都開始展開戰鬥！」

「你說被敵人從後方奇襲？敵人的數量有多少！」

「約三千！不，也可能更多……」

不可能。

周圍應該沒有能供三千名敵人藏身的地方。

即使用魔法隱藏身影，光是要對這麼多人使用透明魔法，所耗費的魔力就足以產生一股熱氣。

此時艾謝爾想起骸魔道族剛才說的話。

『不是兩人，是一萬人？』

「……幻覺魔法嗎？」

馬勒布朗契擅長屍靈術與幻覺魔法。

這點與馬勒布朗契之名一樣，是普遍為人所知的常識。

艾謝爾本人沒和馬勒布朗契直接戰鬥過，所以從來沒在實戰中看過這些魔法，但他大致知道什麼是幻覺魔法。

「冷靜點！敵人數量不多！大部分的伏兵都是幻覺！仔細尋找魔力的源頭，別被敵人的外表迷惑了！」

艾謝爾推測報告中的三千名敵人絕大部分都是幻影。

簡單來講，就是透過魔法讓數量看起來比實際多的虛張聲勢。

雖然不曉得馬勒布朗契的幻覺魔法有多精密，但只要撐過一開始的混亂，這對訓練有素的鐵蠍族來說應該不算什麼。

但此時艾謝爾遺漏了一件事情。

若來襲的敵人大多是幻影，亞多拉瑪雷克隊為何會潰敗。

將時間稍微往前回溯。

首先發現那道人影的並非斥候，而是身為隊長的亞多拉瑪雷克本人。

「那是……全隊，停止前進！」

亞多拉瑪雷克迅速停止進軍，他發現兩道嬌小的人影正面朝這裡，站在前方不遠處的平原上。

雖然有點距離，但他不可能看錯。

其中一人是路西菲爾。

「看起來……不像是改變想法並想道歉才在這裡等待。」

亞多拉瑪雷克因為不曉得該如何解釋這個狀況而感到困惑。

站在路西菲爾旁邊的是馬勒布朗契。

雖然披著破爛的斗篷，但從那極具特徵的角和後頭部來看絕對沒錯。

問題在於除了那兩人以外，周圍完全沒有其他人影或魔力。

「他們到底在幹什麼？」

路西菲爾與神祕的馬勒布朗契不管怎麼看都是在等亞多拉瑪雷克隊，也就是在等魔王軍。

不過如果是為了戰鬥，這人數怎麼想都差太多了。

即使那名馬勒布朗契擁有族長等級的實力，亞多拉瑪雷克也不認為僅憑兩人就能戰勝包含自己在內的一萬五千名部隊。

「族長，我們該怎麼辦？」

蒼角族的年輕人和亞多拉瑪雷克一樣看向眼前那兩名詭異的惡魔，開口問道。

「……總之先告訴撒旦我們遇到路西菲爾了。另外告訴艾謝爾的隊伍我們將放慢進軍速度，叫他們原地待命。」

「遵命。」

等年輕人前往後方傳達命令後，亞多拉瑪雷克回頭看向部隊，高舉自己的長槍。

「勇猛的強者們啊！讓我們再次於這裡殺出一條血路，將馬勒布朗契們的領域全數納入掌中！」

「喔喔喔喔喔喔喔喔喔喔喔喔喔喔喔喔喔喔喔喔喔喔喔喔喔喔！」

「正面有兩名敵人！別因為對方人少就大意！回想起之前的那場大會戰吧！我們無論何時都會全力討伐敵人！突擊！」

在亞多拉瑪雷克的號令下，約兩千名打頭陣的隊伍衝向路西菲爾和馬勒布朗契。

亞多拉瑪雷克從一開始就穿上整副魔冰鎧甲，準備全力應戰。

不論路西菲爾再怎麼強，馬勒布朗契再怎麼謹慎，面對這批大軍都沒有勝算。這場戰鬥不

可能輸。

「——咿咿唏啊啊啊啊呀啊啊啊啊啊啊！」

即使馬勒布朗契舉起長有巨大利爪的消瘦左手，亞多拉瑪雷克也沒放慢突擊的速度。

無論馬勒布朗契使用何種魔法，都不可能打倒這支軍隊。

他是這麼認為的。

直到下一個瞬間。

「嗯？」

儘管部隊仍持續突擊，但眼前的光景還是讓亞多拉瑪雷克忍不住懷疑自己的眼睛。

直到剛才為止，他的眼前都還只有路西菲爾和披著破爛斗篷的馬勒布朗契。

但披著破爛斗篷的馬勒布朗契一揮下左手，就引發了某種現象。

足以淹沒視野的馬勒布朗契族，突然憑空出現。

「這、這是？」

雖然亞多拉瑪雷克本人也難掩動搖，但跟在他後面的戰士們又更為動搖。

這種狀況真的只能用憑空出現來形容。

足以覆蓋整個天空的馬勒布朗契們開始一齊朝在地面奔跑的亞多拉瑪雷克隊放出魔力球。

「別害怕！繼續前進！」

判斷每顆魔力球的威力都不強的亞多拉瑪雷克加快突擊速度，一口氣拉近與路西菲爾和披著破爛斗篷的馬勒布朗契的距離。

「讓你們嚐嚐我等神祖之槍的厲害！」

亞多拉瑪雷克筆直朝馬勒布朗契揮出第一槍——

「嗯？」

但下一個瞬間，他揮下的長槍沒遭到任何抵抗就直接穿透路西菲爾與披著破爛斗篷的馬勒布朗契的身體。

「這、這是？」

槍的槍尖完全沒沾上任何血肉。

仔細一看，路西菲爾和那名馬勒布朗契的身影都變得扭曲模糊。

「原來是幻影！」

亞多拉瑪雷克仰望突然出現的無數馬勒布朗契，並看穿其中的機關。

回頭一看，相較於從天而降的魔力球數量，部隊不僅沒遭受巨大損害，也完全沒發生任何爆炸。

「可惡，居然這樣愚弄我們！」

雖然覺得自己遭人戲弄，但亞多拉瑪雷克馬上判斷演出這場鬧劇的施術者就在附近，開始

環視周圍——

「唔！」

然後發現披著破爛斗篷的馬勒布朗契，正獨自站在前方不遠處的山丘上。

「馬勒布朗契，我要讓你對愚弄我這件事感到後悔！」

亞多拉瑪雷克在槍尖上展開被他命名為「魔冰傘」的魔冰魔力面，瞄準遠方的馬勒布朗契用魔法射出經過提煉的冰彈。

面對以超高速射出的冰彈，披著破爛斗篷的馬勒布朗契非得選擇迴避或是用爪子彈開不可。

這樣就能確定那個馬勒布朗契並非幻影且擁有實體。

「覺悟吧！」

配合飛翔魔法，亞多拉瑪雷克用從那副巨大的身軀難以想像的超高速一口氣逼近那名馬勒布朗契，橫向揮舞從神祖開始流傳下來的長槍。

「嘰嘰嘰嘰嘰嘎嘎嘎嘎嘎嘎！」

馬勒布朗契刺耳的尖銳聲響傳入亞多拉瑪雷克的耳中。

與此同時，那名披著破爛斗篷的馬勒布朗契跟剛才的幻影一樣高舉左手，就在同一瞬間，一團黑暗出現在他的背後。

「嗯？」

從那團黑暗中，飛出了大批馬勒布朗契。

超過十隻、百隻甚至千隻大大小小的馬勒布朗契蜂擁而出。

「來得好！」

亞多拉瑪雷克發出彷彿足以驅散幻影的怒吼，揮舞長槍。

然而——

「呀啊啊啊啊哈啊啊啊啊啊！」

這名原本以為是敵將的破爛斗篷馬勒布朗契也是幻影。

即使被槍尖貫穿，那道幻影依然連一滴血都沒流就宛如霧氣般消失，這讓亞多拉瑪雷克感到困惑。

居然有能夠彈開魔冰彈的幻影？

「……？」

明明已經進入戰鬥狀態，敵人卻在我方攻擊前就消失，這讓部隊頓時不曉得該如何行動。

「嗯唔唔唔唔…………！」

亞多拉瑪雷克憤怒地環視周圍，但剛才從黑暗中蜂擁而出的上千隻馬勒布朗契已經消失得無影無蹤，周圍再次恢復成安靜的平原。

明明已經舉起刀刃卻頓失獵物，只能呆站在原地的我軍看起來十分滑稽。

如果是遇見撒旦前的亞多拉瑪雷克，一定會因為覺得被敵人戲弄而馬上憤怒地在平原上狂奔吧，但他試著壓抑高昂的情緒，從鼻孔噴出宛如蒸氣般憤怒的氣息，做了個深呼吸。

「……被敵人拖延了腳步。看來對方派了相當厲害的人來。」

接連遭遇敵人用魔法產生的幻影，拖慢了亞多拉瑪雷克隊的進軍速度。

整支部隊都因為無法理解眼前發生的現象而被迫停下腳步。

「聯絡撒旦和艾謝爾。在弄清楚敵人的手法前，都無法加快進軍的速度。」

即使憤怒得咬牙切齒，亞多拉瑪雷克仍冷靜地如此傳達。

既然摸不清敵人的手法和戰力，又被暗示了路西菲爾的存在，為了安全起見，他們絕對不能貿然搶先進軍。

「看來會演變成一場艱困的戰役……可惡的路西菲爾。」

亞多拉瑪雷克呻吟道。

之後他們又遭遇了好幾次馬勒布朗契的幻影攻擊，才經過半天，亞多拉瑪雷克隊的精神就已經陷入疲憊。

明明完全沒流血，必須時時警戒敵人出現的緊張狀態，還是開始慢慢削弱部隊的力量。

最令人生氣的是——

「那個披著破爛斗篷的馬勒布朗契……到底是什麼人？」

所有來襲的幻覺，都包含了那名一開始和路西菲爾站在一起、披著破爛斗篷的馬勒布朗契的身影，而他每次也都會留下刺耳的笑聲。

那個不斷在部隊前進的方向現身的惡魔，在馬勒布朗契中也算是實力高強嗎？或者這只是用來讓人如此認為的陷阱？

「唔。」

就在亞多拉瑪雷克這麼想時，那件破爛斗篷又再次出現在遙遠的前方。

亞多拉瑪雷克重新繃緊神經舉起長槍，儘管這已經不曉得是第幾次，他仍警戒周圍提防幻影出現。

他沒發現這項行動，是在不知不覺間侵蝕到他體內深處的慢性毒藥。

「唔嘎？」

後方傳來慘叫聲。

「啊咿？」

「呃啊啊啊！」

那些聲音來自亞多拉瑪雷克隊的戰士們。

而亞多拉瑪雷克即使發現狀況不對，依然沒有餘力回頭。

「唔、唔喔？」

這次發生的現象明顯與之前不同。

至今的幻覺攻擊，全都是出現在亞多拉瑪雷克隊的前進方向並直接襲擊他們。

不過這次那團會湧出馬勒布朗契的神祕黑暗，居然是分散出現在亞多拉瑪雷克隊的內側。

「這、這是！唔呃！」

一瞬間的思考破綻就足以致命。

包覆亞多拉瑪雷克身體的魔冰鎧甲開始被無數利爪刺穿撕裂。

從周圍的無數黑暗湧出的無數馬勒布朗契包圍了亞多拉瑪雷克，正纏住他手上的神祖之槍，打算剝掉他的魔冰鎧甲。

這些氣息、重量與攻擊，怎麼想都不是幻覺魔法。

不對，這不是幻覺。

「怎、怎麼可能？這是……？呃啊？」

無數由馬勒布朗契發出的魔力球同時擊中魔冰頭盔的頂端，強烈的衝擊將亞多拉瑪雷克打得人仰馬翻。

「這、這些傢伙是真貨？」

就連這段期間，馬勒布朗契也不斷從眼前的黑暗中湧出。

然後亞多拉瑪雷克總算發現自己在不知不覺間，變得只會思考「敵人下次究竟會使出什麼樣的幻覺」。

等他發現自己的思考早已因為這場單純但歷時漫長的佯動作戰陷入疲憊時，一切都已經太遲了。

「唔、呃、唔喔喔喔喔喔喔？」

連鐵蠍族的念動砲術都能抵擋的魔冰鎧甲，開始出現裂縫。

馬勒布朗契們緊貼他的身體，反覆用魔力攻擊同一個地方。

即使比亞多拉瑪雷克弱，這些仍是馬勒布朗契的戰士們擊出的魔力。

無論質或威力都遠勝於年幼的撒旦使出的招式。

「可、可惡！」

敵軍實在太多，即使亞多拉瑪雷克試著攻擊纏住自己的馬勒布朗契們的頭，也無法自由行動。

就在這段期間，亞多拉瑪雷克察覺後方的部隊已經因為遭遇出乎意料的奇襲而陷入混亂，這讓他變得更加焦急。

這狀況實在太異常了。

馬勒布朗契們突然憑空冒了出來。

必須將這件事告訴撒旦和艾謝爾！

不過現在的狀況完全不允許亞多拉瑪雷克這麼做，要是暴露在外的臉或眼睛被攻擊，就連他也會有生命危險。

「唔……喔喔喔喔！」

亞多拉瑪雷克大吼一聲，對即將碎裂的魔冰鎧甲灌注性質與之前完全不同的魔力，然後大喊道：

「魔冰劍山！」

就在這個瞬間，原本纏住亞多拉瑪雷克的馬勒布朗契們，全都被無數的魔冰錐貫穿身體喪命。

「哼嗯嗯！」

亞多拉瑪雷克擺動著身體，甩開纏在身上的馬勒布朗契，拉開與突然湧出的黑暗之間的距離。

那副身影宛如巨大的冰刺河豚。

「明明優雅才是蒼角族的美德，要是被艾謝爾看見我這個樣子，不曉得會被他怎麼說。」

亞多拉瑪雷克自嘲完後，立刻繃緊表情努力確認狀況。

不過等亞多拉瑪雷克逃離馬勒布朗契的第一波神祕奇襲時，他的部隊已經徹底潰敗。

畢竟敵人是突然出現在我軍內部。

而且之前才剛看過那麼多幻影，自然容易認為後來出現的敵人也是幻影，那些將敵人的攻擊當成幻影的眾多戰士，現在都已經倒在地上。

成功撐過那波攻勢的人，也因為無法順利和周圍的同伴聯手而敗給馬勒布朗契的數量，一個接一個地喪命。

「這樣下去不行……」

這幅景象，讓亞多拉瑪雷克想起過去蒼角族的年輕戰士們失控，然後毫無招架之力地被鐵蠍族虐殺的光景。

「可惡！這到底是怎麼回事！」

撒旦率領的由流浪惡魔、蒼角族、帕哈洛族和鐵蠍族組成的混合軍隊，也徹底遭到敵人的夾擊。

率領飛龍隊的撒旦只看見地面部隊周圍突然出現一堆不曉得是黑霧還是黑暗的東西，然後馬勒布朗契就不斷從那裡湧出。

明明直到剛才為止，在從天空看得見的範圍內都沒發現任何魔力的痕跡。

飛龍與帕哈洛．戴尼諾的空戰部隊，只有在能清楚辨識地上的敵軍和我軍時才能真正發揮效果。

一旦演變成像這樣的混戰，發動大規模的攻擊只會波及同伴，也無法對敵方造成多大的損害。

「唔！」

馬勒布朗契的戰鬥行動本身絕對稱不上洗鍊。

但總之數量非常多。

再加上他們現身的方式非常奇妙，讓魔王軍徹底慌了手腳，明明是只要冷靜應對就沒什麼可怕的敵人，但魔王軍現在只能被大批馬勒布朗契任意擺布。

「有些地方甚至開始出現自相殘殺的狀況！」

同樣在一旁騎著飛龍的鐵蠍族如此說道，撒旦看向地面，發現有些蒼角族與鐵蠍族居然開始攻擊同伴。

「唔……這、這是怎麼回事？」

如果是包含無數種族的流浪惡魔也就算了，長年倚靠團結存活下來的蒼角與鐵蠍就算陷入混亂，應該也不可能自相殘殺。

「幻覺魔法……居然能做到這種程度！」

煽動魔王軍自相殘殺的，是利用魔法變成魔王軍戰士的馬勒布朗契。

雖然撒旦無從得知，但馬勒布朗契頭目夸卡比娜率領的集團擅長的幻覺魔法是變身術。

所謂的變身術並非改變自己的形體，而是奪取敵人的視野，讓他們看見不存在的東西。

但夸卡比娜等人的變身術遠遠凌駕魔王軍所知的變身術，能極為精密地重現敵人的身影。

就連從空中俯瞰戰場的撒旦都無法分辨。

他們應該是讓許多施術者同時對特定的狹小範圍使用魔法，這樣就不必一個個製造戰士的幻影，可以直接對整個空間進行擬態。

地面充滿了束手無策地被突然發狂的同伴打倒，在絕望中倒下的魔王軍將兵們的慘叫。

「可……惡！」

撒旦以足以讓皮膚流血的力道握緊拳頭，但馬上輕嘆了口氣。

「撤退吧。」

「可、可是這樣下去！」

「即使在這裡繼續戰鬥下去，如果無法破解對手的奇計，只會讓大家白死！對亞多拉瑪雷克隊和艾謝爾隊發出撤退信號！」

「……遵、遵命！」

一旁的鐵蠍族駕駛飛龍，前往傳達撒旦的指令。

目送部下離開後，撒旦朝地面發射魔法信號彈，信號彈在炸裂後發出強烈的聲音與閃光。

在指揮系統與戰況都陷入混亂的戰場上，無論是要下達指示或命令都不容易。

所以事先讓所有士兵記住單純又明確的信號，在這種時候會比較容易對混亂的同伴下達指示。

撒旦以足以劃破天地的巨大聲響發出五次後退的信號。

地上立刻有所動靜，無數人影開始一齊朝被當成南北交界的大河移動。

「不曉得有多少人能活下來……」

雖然成功開始撤退，但戰鬥尚未結束。

對馬勒布朗契來說，他們接下來將展開追擊戰。

敵人正因戰況有利而興奮不已，我方則是既慌張又消沉，此外馬勒布朗契還掌握了地利。

只要撤退得稍微慢一點，就會被馬勒布朗契追上蹂躪，即使數量不多，但也有馬勒布朗契朝位於空中的撒旦等人發射威嚇用的魔力球。

「可惡！」

徹底慘敗。

在撒旦的人生中，自從黑羊族被毀滅以來，他還是第一次輸得這麼慘。

「到底是哪裡出錯了……？是因為誤判路西菲爾的行動……？還是關於馬勒布朗契的情報

蒐集得不夠……？不對，就算是這樣，我也從來沒見過那種魔法……」

「要反省是無所謂，但你該不會以為自己能看穿一切吧？」

「唔？」

對方到底是什麼時候來的。

等撒旦注意到時，已經太遲了。

路西菲爾從容地在飛龍隊的中央，亦即撒旦的旁邊飛行。

「很好，撒旦，我就是想看你露出這種表情。」

「路西……菲爾……你到底？」

就是這個。

馬勒布朗契們剛才出現時，也是像這樣突然憑空出現。

不管撒旦再怎麼動搖或大意，路西菲爾都不可能在不被發現的情況下飛到離他這麼近的地方。

這到底是什麼魔法？

「不過我還有另一個想看的東西。」

路西菲爾露出與以前待在魔王軍時同樣純真的笑容。

「你現在的實力究竟變得多強了？」

漆黑的翅膀發射出無數紫光熱線，瞬間就將飛龍隊屠殺殆盡。

「路西菲爾！」

撒旦緊急讓飛龍迴旋，在空中製造出從亞多拉瑪雷克那裡學來的冰槍。

雖然難以置信，但路西菲爾剛才並非為了挑釁撒旦才殲滅飛龍隊。

他是為了妨礙魔王軍撤退，才會來拖住敵人的首領。

徹底失算了。

路西菲爾和馬勒布朗契聯手了。

「你焦躁的表情真不錯！我以前只看過你從容的表情，再多給我看一些有趣的表情吧！」

路西菲爾一拳就粉碎了與自己擦身而過的冰槍。

從斷面有融解的痕跡來看，路西菲爾應該是運用了熱線魔法讓拳頭產生高熱。

「唔……！」

撒旦丟完冰槍後，改讓地面的岩石碎塊浮到空中，射向正在飛翔的路西菲爾。

運用鐵蠍族的念動砲彈戰法，將大量拳頭大小的石塊以超高速擊出，這樣不僅比直接擊出巨大岩塊省魔力，也能進行廣範圍的攻擊。

不過——

「騎那種遲鈍的魔獸就想捉到我，你還早了一千年啊！」

敵我之間的距離明顯間隔了五百公尺以上。

即使如此，路西菲爾的熱線仍準確地貫穿撒旦坐騎的頭部，使其瞬間斃命。

「唔喔？」

突然失去立足點的撒旦被拋到空中。

「可……惡！」

撒旦將意識集中到背上，產生類似飛龍翅膀的幻影。

雖然黑羊族也有翅膀，但憑原本的形狀，光是讓自己浮在空中就夠吃力了。

所以還是展開魔力的翅膀，更能將意識集中在飛翔上。

讓撒旦學會這項技巧的不是別人，正是路西菲爾。

「喝啊啊啊！」

但即使撒旦是個才華洋溢的年輕人，想超越敵人、超越師傅的技術還是十分困難。

路西菲爾在不知不覺間逼近撒旦，以各種自由自在的飛翔技巧毫不留情地玩弄想在空中恢復姿勢的撒旦。

「呃、啊！」

熱線、光球與拳頭毫不間斷地彈飛、打擊、折磨撒旦的肉體。

「什麼嘛，原來你這麼弱！只會偷取別人技巧的小偷，實力終究不過如此啊！」

即使被路西菲爾開心地辱罵，他也無力反抗。

「吵……死人啦，你這個半吊子！」

直到腹部被路西菲爾用力踹了一腳後才順勢拉開距離的撒旦，總算在空中恢復姿勢。

「呼……可惡，好痛啊！」

撒旦吐掉嘴裡的血，稍微動了一下手指，又讓地面的某樣東西浮到空中。

那是一把劍，應該是被殺害的魔王軍士兵攜帶的武器。

按照魔界過去的知識，用名為鐵的金屬打造出來的武器算是非常堅固，但仍遠遠比不上亞多拉瑪雷克的魔冰之槍，那把一被撒旦拿在手上看起來就像短劍的武器，不可能有辦法對付現在的路西菲爾。

「去死吧！你這小角色！」

路西菲爾在咆哮的同時，放出足以包覆撒旦全身的極粗熱線。

要是被正面擊中，就算是撒旦也會被消滅——

「咦？」

但撒旦只揮了一下那把鐵劍，就將熱線彈開了。

「路西菲爾，你別太得意忘形了……」

撒旦一用雙手握住鐵劍，劍就突然發出黑色的光芒，變成一把幾乎和撒旦的身體差不多大的暗黑之劍。

下一個瞬間，魔界的天空閃過無數漆黑的刀光。

「唔呃？」

快如閃電的劍影撕裂了路西菲爾身上那件由魔獸皮革製成的大衣，白皙的肌膚噴出鮮血。

「路西菲爾，既然你剛才說我是只會偷別人技巧的小偷，我就讓你見識一下如果由現在的我來使用被稱為最弱的黑羊族的祕技『黑炎之劍』，會是什麼樣子。你該覺得光榮。因為就連卡米歐都沒看過我用這招！」

在被撒旦的黑色魔力吞沒後，鐵劍已經完全失去原形。

長度甚至超過撒旦身體的暗黑之劍凝聚了撒旦的魔力，閃耀著比夜晚還要漆黑的火焰。

「唔？」

神速的劍影再次閃現。

無法迴避的路西菲爾只能用雙手接住撒旦的暗黑之劍——

「唔、唔唔唔唔！」

但碰到劍身的手掌不斷被燒灼。

一般火焰不可能產生的高熱，對路西菲爾的皮膚造成傷害。

「可、可惡！」

雖然路西菲爾踹了撒旦的手肘一腳，藉此躲過了一開始的攻擊——

「別想逃！」

但撒旦絲毫沒將路西菲爾的飛翔速度放在眼裡，繼續以蛇一般的劍術展開攻擊，不讓路西菲爾拉開距離。

路西菲爾對這種纏人又執拗的劍術有印象。

「這、這劍術，是卡米歐（臭老頭）的……！」

「沒錯！魔鳥將軍的劍術就連亞多拉瑪雷克和艾謝爾都讚賞不已，而本大爺就是他的第一號弟子！」

暗黑之劍自由地在空中翱翔，以快到讓人覺得彷彿前一招的軌跡尚未消失、下一招就已經逼近的神速演出的劍舞，在空中創造出一顆黑色的光球。

路西菲爾完全無法脫離撒旦的劍圍，身上開始接連出現嚴重的劍傷。

「可……惡！」

「視情況而定，我可能得讓你在這裡消失！如果只是脫離我們倒還無所謂，為什麼你要站在馬勒布朗契那邊！」

「哼、哼！因為你最近過得實在是太順心了！我這是在教你世事無法全都稱心如意！」

「你知道我們因此死了多少戰力嗎！」

「我才不管！我想殺就殺！想做什麼就做什麼！先違反這個約定，打算束縛我的人是你吧！我之前是因為覺得有趣才會跟隨你！在覺得無趣後，自然會加入有趣的那方！」

「你說什麼？唔？」

瞄準了路西菲爾的肩膀並眼看就要將其斬斷的暗黑之劍，瞬間因為一場爆炸而偏向旁邊。

那不是路西菲爾的招式。

即使爆炸非常微弱，但光是讓撒旦的劍稍微產生偏移，就足以讓路西菲爾趁隙逃離那波驟雨般的連擊。

「……就算和現在的你在一起，也只會覺得無聊。」

「……」

撒旦原本想繼續追擊帶傷逃離暗黑之劍攻擊範圍的路西菲爾，但他無法這麼做。

「呵呵呵，路西菲爾先生，辛苦您了。」

一名蘊含了驚人魔力的馬勒布朗契輕輕飛到撒旦背後。

「這傢伙就是傳說中的『魔王』嗎？我還以為黑羊族早就滅絕了。」

另一名身材魁梧的紅色馬勒布朗契也飛到撒旦右側。

「就算是黑羊族也不能大意。畢竟這個男人不僅統率那麼龐大的軍隊，還能獨自和路西菲爾戰鬥。」

飛到撒旦左側的，是一名身材嬌小的女馬勒布朗契。

「夸卡比娜小姐，其他人呢？」

背後的惡魔呼喚女馬勒布朗契，和她確認狀況。

「大致都已經擊退，並趕到大河的北邊了。根據報告，蒼角族族長率領的部隊已經有一半被我軍殲滅……不過德拉基亞索的話實在不曉得能相信多少。」

「嗯，我這邊也有收到西里亞特已經給予鐵蠍族集團嚴重打擊的聯絡……」

背後的惡魔將長長的利爪尖端抵在撒旦的脖子上，用潛藏了堅定殺意的平靜口吻說道：

「自稱魔王的男人啊，看來這場戰爭是我們贏了。」

撒旦在陷入自己喉嚨的利爪尖端，看見了死亡的陰影。

※

「怎……怎麼……會這樣……」

魔王軍創設以來首次面臨的歷史性大敗，讓卡米歐徹底啞口無言。

他們幾乎未能踏入馬勒布朗契的領域。

不僅如此，就連四天王亞多拉瑪雷克都因為身負重傷而正在接受治療。

魔王軍損失了四分之一的兵力，另外雖不像亞多拉瑪雷克那麼嚴重，但艾謝爾也受了傷。

最讓卡米歐感到絕望的，是在歸還的軍隊中找不到撒旦的身影。

「難、難道都沒人知道撒旦的行蹤嗎！飛龍隊怎麼了！為什麼一隻都沒回來！」

不用問也知道理由。

若出征的人沒有回來，就表示那個人已經在戰場上消逝。

「怎麼會這樣。」

卡米歐無力地跪倒在地。

即使帕哈洛的人們趕來攙扶卡米歐，也無法將老將軍拉出絕望的深淵。

「到底發生了什麼事。就連撤退都辦不到嗎？」

「就算那傢伙遇到了無法撤退的狀況也不奇怪。」

在接受治療後傷口已經都大致止血的艾謝爾，回想起馬勒布朗契們不可思議的現身方式。

「那些馬勒布朗契，只能用突然憑空出現來形容。我的部隊最先被攻擊的，是後方的隊伍。」

「憑空出現？最早被攻擊的是後方？」

「沒錯。在荒涼的平原，應該沒有能讓他們藏身的地方，但他們的大部隊突然現身，對我們展開奇襲。」

「……唔……我的隊伍也遇到了類似的狀況。」

身負重傷無法起身的亞多拉瑪雷克也痛苦地呻吟道。

「他們先讓我們看路西菲爾和馬勒布朗契的幻影，然後再讓我們看大群馬勒布朗契的幻影，但在下一個瞬間，真正的馬勒布朗契就混在幻影中蜂擁而出。」

「……」

既然亞多拉瑪雷克和艾謝爾雙方都遭遇類似的奇襲，那撒旦很可能也陷入了相同的狀況。

然而身在最前線的亞多拉瑪雷克即使受了重傷，最後還是順利撤退，為何率領飛龍隊的撒旦會沒回來呢？

「馬勒布朗契中也有擅長空戰的人，不然就是……」

「路西菲爾嗎……可惡……」

亞多拉瑪雷克看見的路西菲爾只是幻影，但既然馬勒布朗契做出了路西菲爾的幻影，那路西菲爾很可能就潛伏在附近。

「那傢伙在待過魔王軍後，似乎變得聰明了一點。」

「沒錯。如果是以前的路西菲爾，應該會像艾謝爾大人說的那樣，立刻去找馬勒布朗契的麻煩吧……唉。」

卡米歐的聲音毫無霸氣。

對現在的他來說，路西菲爾和馬勒布朗契的事情都已經無所謂了。

失去撒旦這件事，徹底擊垮了老人的內心。

「撒旦，你這傢伙……」

不只卡米歐，就連亞多拉瑪雷克都在沮喪地嘆了口氣後一動也不動。

結束了嗎？

艾謝爾如此心想。

意外地掃興。

如果能親自打倒撒旦，那當然是最好，但到頭來那個男人還是為了不可能實現的夢想而犧牲了。

這麼一來，這個奇妙的集團也撐不久了。

老邁的卡米歐無力與艾謝爾為敵，路西菲爾也已經離開。

剩下的亞多拉瑪雷克現在身負重傷，艾謝爾輕易就能取他性命。

將在場的所有人都剷除掉，率領鐵蠍族回到位於山岳地帶的根據地。

然後像以前那樣振興部族，重新在北方稱霸。

艾謝爾一面在腦中擬定大致的計畫，一面啐道：

「看來這次真的是沒希望了。」

「這在下當然知道。」

「還用得著你說嗎……」

卡米歐和亞多拉瑪雷克雖然有回嘴，但聲音還是一樣毫無霸氣。

這是個好機會。

就在艾謝爾這麼想時。

「那麼，艾謝爾，接下來該怎麼辦？」

「……什麼？」

仍躺著的亞多拉瑪雷克向艾謝爾如此問道。

「你問我接下來該怎麼辦？」

「沒錯。之後該如何重新整頓軍隊，整頓完後是要再次攻打馬勒布朗契或退回北方，這些都必須請艾謝爾大人做出判斷。」

「等一下。」

因為卡米歐也接在亞多拉瑪雷克後面這麼說，讓艾謝爾忍不住舉起手制止兩人。

「這種事為什麼要問我？」

艾謝爾發自內心的疑問，讓卡米歐和亞多拉瑪雷克互望了彼此一眼。

「呃……就算你問我們為什麼。」

「哎呀，該不會艾謝爾大人什麼都沒聽說吧？」

「怎麼回事？你們到底在說什麼？我遺漏了什麼事情？」

「「……」」

卡米歐和亞多拉瑪雷克似乎都沒預料到艾謝爾會有這種反應。

「呃～咳嗯。」

過不久，發現艾謝爾完全跟不上狀況的卡米歐稍微清了一下嗓子，重新打起精神轉向艾謝爾。

然後說出讓艾謝爾大感意外的話。

「從今天開始，魔王軍的總指揮權將移交給艾謝爾大人。」

「…………」

遲疑了一會兒後，依然無法理解卡米歐在說什麼的艾謝爾——

「…………你剛才說什麼？」

忍不住像這樣反問。這個提議對他來說就是如此意外。

「你不可能沒聽見吧。意思是既然撒旦已經死了，從今天開始就由你來使喚我們。」

接著換亞多拉瑪雷克以更加淺顯易懂又直接的方式說明。

「等、等一下，你們是認真的嗎？你們知道自己在說什麼嗎？」

艾謝爾明顯慌了起來。

這兩個人到底在說什麼？

「你……你們的意思是要把魔王軍送給我嗎？」

「說送也有點不太對。」

「只是撒旦之前坐的位子，接下來將由你來坐。」

「你、你們都無所謂嗎？」

艾謝爾隱約感覺得出來兩人都是認真的。

不過魔王軍是以撒旦和卡米歐為中心，花費好幾十年一點一點地擴大勢力，才建立起來的人工部族。

為什麼他們會將這樣的組織交給直到今天為止都在覬覦族長性命的新人？

「在下的力量已經不足以和撒旦、路西菲爾、亞多拉瑪雷克大人，當然還有艾謝爾大人匹敵。老邁的在下，無法統率這支軍隊。」

或許是發現艾謝爾在猶豫，卡米歐自嘲地說道。

「亞多拉瑪雷克，你……」

「我一點都不認為自己的將才會輸給你。」

即使聲音比較有氣勢，但亞多拉瑪雷克同樣無力地說道。

「不過我早在認識你的很久以前，就知道立於上位的才能與立於前線的才能是完全不同的東西。」

亞多拉瑪雷克輕撫橫放在自己身旁的神祖之槍。

過去曾被那把槍貫穿的少年惡魔明明建立起驚人的偉大事物，並讓他見識到驚人的偉大夢想，但還是輕易地消逝了。

牛頭的眼裡浮現出淚水。

「我的將才是立於前線的將才。艾謝爾，如果是在戰場上，我絕對不會輸給你。無論馬勒布朗契使出什麼樣的奇計，我下次都會打敗他們給你看，但我沒有統率這批大軍的力量。在這方面，我遠遠不及你與撒旦。」

艾謝爾能夠理解從惡魔眼裡湧出的淚水代表什麼意義。

這個男人在對另一個男人表達可惜、悔恨與悼念之意。

居然有人能讓蒼角族之長，亞多拉瑪雷克這麼做。

然後亞多拉瑪雷克接下來說的話，為艾謝爾帶來了不遜於那道淚水的決定性衝擊。

「撒旦在統率這支軍隊時，曾說過如果自己有什麼萬一，就讓你來繼承他的位子。所以我們決定將這支由撒旦建立起來的軍隊託付給你。」

「什……麼……」

撒旦說過這種話？

「沒錯。既然他都這麼說了，那在下也只能接受。」

讓艾謝爾感到驚訝的，並非撒旦指名自己當繼承人。

光是撒旦的一席話，就讓卡米歐與亞多拉瑪雷克願意將指揮權交給艾謝爾，這對艾謝爾來說才是件驚天動地的事情。

「為什麼……為什麼？你們在這支軍隊裡應該都比我資深吧？要是將指揮權交給我這個加入沒多久的新人，這支軍隊馬上就會變成我的東西。帕哈洛．戴尼諾和蒼角絕對不會允許這種事情發生。」

雖然在先前的戰役中有所損傷，但魔王軍仍是北方最大的勢力，艾謝爾將不費吹灰之力地取得這個組織。

即使如此，他還是無法接受這個理由。所以他的說法難以避免地會變成像是在催促卡米歐和亞多拉瑪雷克改變心意。

但兩人意志堅決。

「蒼角的人將由身為族長的我去說服。唉，不過就算不特地說服，只要說這是撒旦的意思，蒼角就會聽從吧。」

「帕哈洛也一樣。撒旦的判斷絕對不會有錯。流浪惡魔們也一樣，姑且不論他們心裡怎麼

想，表面上應該是不會表示反對。」

又是「因為撒旦這麼說」。

為什麼要這麼規矩地遵從死者以前說的話。

壓制自己的人消失了。

趁這個機會立即主張自己才是新的領導者，將昨日的夥伴當成敵人殺掉以提升自己的地位，這才是所謂的惡魔吧？

明明都已經死了，那個男人究竟對這些人留下了什麼樣的魔法？

「你們不認為自己才適合率領這支軍隊嗎？」

然後艾謝爾終於說出以前的自己絕對不會說的一句話。

對此兩名大惡魔的回答十分簡潔。

「「如果真的適合，那從一開始就不需要撒旦的力量。」」

艾謝爾開始思考。

如果自己在與其他部族的戰爭中落敗並喪命，鐵蠍族會變得如何？

大家會願意將指揮權託付給某人，擁戴那個人為新的族長嗎？

答案是否定的。

畢竟連艾謝爾自己都是在導致前任鐵蠍族族長死亡的內戰中殺掉其他有力人士，才當上族長。

明明連鐵蠍族都是如此，這些統率這支多種族軍隊的大惡魔們，居然主動將指揮權交給新人，這實在是太非比尋常了。

「……你們可別後悔啊。」

艾謝爾此時首次對撒旦這個惡魔抱持個人的興趣。

究竟要施展什麼樣的魔法，才能組織出這種軍隊。

要成為什麼樣的惡魔，才能讓人在自己死後仍願意遵從命令。

「僅此一次。我們要再次與馬勒布朗契戰鬥，獲得屬於我們的勝利。讓背叛者得到報應，然後……」

就在這個瞬間，艾謝爾以撒旦軍代理首領的身分，登上幹部大惡魔的首席。

「以魔王的身分稱霸魔界。」

第二章

從疊滿魔王軍屍體的大河南部平原繼續往南走。

在馬勒布朗契藉由在奇岩上挖洞建立起來的居所——「里」的深處。

一名男子在某道上了鎖的門後方輕聲嘟囔：

「啊～背好癢。」

他健壯的手臂被繞到背後，腳踝、手腕和大拇指也都被安裝了能妨礙魔力流動和限制身體活動的魔力鎖，男子倒在表面粗糙的岩牢內，像魔蟲的幼蟲般不斷掙扎。

「背好癢背好癢背好癢可惡！微妙地剛好勾不到！呼、呼！來人啊！幫我抓個癢！唔喔喔！」

門外的馬勒布朗契聽著男子的慘叫，同時板起臉摀住耳朵。

「真是的，為什麼我得負責監視這種傢伙……」

這名身材魁梧，名叫利比科古的馬勒布朗契在頭目中也算是老將，利比科古厭煩地聽著男子抱怨背癢的聲音，同時憤恨地看向遠方。

「馬納果達先生也真是的，為什麼要俘虜敵人的族長。明明早點殺掉他就好了。」

利比科古從岩牢的空隙窺探裡面的狀況，黑羊族的男子仍在抱怨背癢。

「喂，那邊的人！拜託了！請你把爪子伸進空隙裡幫我抓癢！我快癢死了！」
「吵死人了！要死就快點去死！你這傢伙到底是怎麼回事！」
「喂，拜託啦！我真的，快到極限了，啊嘎嘎嘎！」
「雖然不曉得是叫魔王還撒旦，但這傢伙真的是那群怪傢伙的老大嗎？實在無法相信。」

※

「……雖然不甘心，但我徹底輸了。」
撒旦一面留意陷入自己喉嚨的利爪，同時頭也不回地說道。
「你就是馬勒布朗契的族長嗎？」
「我等馬勒布朗契和其他部族不同，沒有絕對的首領。」
「不過你看起來是最強的一個。」
「有眼光是件好事。」
「……嘖。」
右手邊的紅色馬勒布朗契像是覺得無趣般咂了一下嘴。
「臨死之前，我想聽一下你的大名。」

「哎呀，您這話可真是奇怪。」

「不行嗎？我只是希望至少能在死前知道殺死自己的人叫什麼名字。」

撒旦不認為自己能突破這個狀況。

路西菲爾現在是敵人，背後還有一個魔力與路西菲爾不相上下的惡魔。

包圍自己的馬勒布朗契實力也明顯比一般的馬勒布朗契強上許多。

這並非能正面戰勝的陣容。

但背後的馬勒布朗契說出令人意外的話。

「我覺得奇怪的是，為何您會認定我打算殺了您呢。呵呵呵。」

「啊？」

「什麼？」

路西菲爾和紅色的馬勒布朗契比撒旦更加驚訝。

背後的男子將爪子從撒旦身上移開。

「勝負已分。但我對您產生了興趣。路西菲爾先生真的做得非常好，我沒想到居然能夠活捉統率那個奇妙集團的首腦。」

「……唉。」

路西菲爾抬頭嘆氣，紅色的馬勒布朗契則是語氣憤怒地說道：

「馬納果達，你這傢伙到底在想什麼！」

此時撒旦總算得知背後那名男子叫馬納果達。

「哎呀，您問我在想什麼？呵呵呵。」

名叫馬納果達的馬勒布朗契露出若有深意的笑容。

「我腦中無時無刻都只想著要如何讓我等馬勒布朗契永續繁榮。僅此而已，呵呵呵。」

馬納果達如此說道。

「魔王啊，把劍收起來。只要您願意配合，我就不會繼續追擊您那些往北方撤退的士兵，您也能夠保住性命。」

「……這樣好嗎？」

「和您的存在相比，北方那些小角色根本不足掛齒。夸卡比娜小姐、路比岡德先生、路西菲爾先生，你們沒意見吧？」

這不是確認，是命令。

就連無法從正面觀察馬納果達表情的撒旦，都能感覺到馬納果達的眼力蘊含了能使人不得不服從的可怕力量。

即使如此，名叫路比岡德的紅色巨漢似乎仍顯得不服氣，但他並未開口反對。

「那我們走吧。啊，對了。」

馬納果達滑行般的移動到撒旦身邊，撒旦此時首次看見馬納果達的長相。

從外表來看，他和一般的馬勒布朗契沒什麼兩樣。

唯一的特徵就只有遮住身體的破爛斗篷。

但馬納果達毫無疑問地比其他在場的馬勒布朗契都要強。

「魔王啊，我想知道您的名字。」

「撒旦。撒旦·賈克柏。」

「嗯，那麼魔王撒旦。我想招待您到我們的里。對了，請您最好別打什麼壞主意。我想您應該一看就知道了。」

馬納果達露出詭異的笑容，看著撒旦的臉說道：

「馬勒布朗契的利爪會一直在您看不見的背後緊盯著您。呵呵呵。」

「……我會銘記在心。」

為了表示順從之意，撒旦解除暗黑之劍，扔掉作為核心的鐵劍。

然後——

「喂，路西菲爾，幫我上魔力鎖。」

「……咦？」

撒旦將自己的雙手繞到腰後，向直到剛才都還在與自己互相殘殺的路西菲爾搭話。

「魔力鎖啦。那位小姐和紅色的先生因為怕我對這位馬納果達亂來，一直用可怕的眼神緊盯著我。感覺隨時都有可能被他們揍，所以還是把我綁起來比較能讓他們放心。動作快點。」

「……哼。」

魔力鎖是魔王軍在抓俘虜時使用的魔法，不只能綁住惡魔的雙手，還能切斷魔力的供給。

當然很少有惡魔會因此變得安分，但身體和魔力的自由會被剝奪也是事實，這樣應該至少能讓路比岡德和夸卡比娜稍微放心。

就在路西菲爾雖然覺得無法釋懷，但還是幫撒旦上魔力鎖時——

「哎呀，喔喔，這還真是不得了！您使用的魔法真是有趣！」

馬納果達本人像是對魔力鎖非常感興趣般繞到撒旦背後，開始仔細端詳綁在撒旦手腕上的魔力鎖。

「喂，馬納果達。」

「哎呀，呵呵呵，我真是的。」

馬納果達在路西菲爾的催促下回過神，重新帶頭率領所有人飛回住處。

「……奇怪的傢伙。」

撒旦將自己的事情擱在一邊，看著馬納果達如此說道。

※

「啊……我的背……」

撤旦沒多久就喊累，疲憊地躺在地上茫然地陷入沉思。

「……雖然幾乎什麼都無法確認，但不曉得他們有沒有順利逃脫……」

撤旦在下達撤退指示後，就一直與路西菲爾戰鬥，所以無法確認魔王軍是否真的有成功撤退。

撤旦人也沒有好到就這樣直接相信馬納果達的話。

「……不曉得亞多拉瑪雷克和艾謝爾有沒有吵架……唉……好擔心啊。」

「要是他們真的吵起來，卡米歐大概會死吧。」

「啊……要是我能再多注意一點全軍的狀況……」

「真是的～感覺留下了好多遺憾，一直在後悔自己有哪些事情沒做……」

「希望他們至少能在沒吵架的情況下分道揚鑣。這樣死的人也會少一點……不可能吧，亞多拉瑪雷克和艾謝爾都是容易激動的傢伙……」

「吵死人了！你就不能稍微安靜一點嗎！」

本來以為撒旦的背總算不癢了，沒想到他接下來又開始不斷嘮叨身為王的煩惱與後悔，這讓利比科古終於忍無可忍。

「……馬勒布朗契的頭目啊……就算你這麼說，我還是會擔心啊。雖然自己還是當事人時，每天都在擔心明天或後天會怎麼樣，不過一旦自己陷入隨時都可能會死的狀況，唯一擔心的就只剩下被留下的人們能否平安無事地活下去。」

「誰理你啊！再不適可而止，我就殺了你！別忘了你現在只是因為馬納果達先生說要留你一條命，才能僥倖活著！」

「就是因為沒忘，所以才會想發牢騷啊。如果要動手的話，希望能給我一個痛快。這樣我就不必在這裡一面擔心這麼多事情，一面找能幫背後抓癢的地方了。」

「你、你這傢伙……！」

這個男人現在應該因為路西菲爾的力量而無法使用魔法。乾脆直接說他試圖反抗，就這樣把他殺掉算了。

就在利比科古這麼想時。

「哎呀，看來你們聊得很開心呢。」

利比科古毛骨悚然地回頭。

「馬、馬納果達先生……」

馬納果達在路西菲爾與夸卡比娜的陪同下現身。

利比科古在頭目中算是最年輕的一輩，率領的集團也近似馬納果達的下部組織，兩者之間的力量差距十分懸殊。

那個集團的魔法和戰鬥技術原本就沒有特別突出，只是成員們的身材都和路比岡德差不多魁梧，並且會一點操縱天候的魔法而已。

這樣的利比科古光是被馬納果達瞪一眼，就完全無力反抗了。

幸好馬納果達並未責備利比科古，他吩咐利比科古退下，然後從岩牢的窺視窗看向牢內。

「不好意思，撒旦先生，居然讓您承受這種不便。」

「真的是很不方便啊。自從來到這裡以後，我的背就癢得不得了。這裡該不會有什麼奇怪的蟲子吧？」

「哎呀，這可不行。利比科古先生，請您把爪子伸進去幫撒旦先生抓一下癢。」

「咦……真的要這麼做嗎？這傢伙不會咬人吧？」

為什麼事情會變成這樣？

雖然利比科古露出極不情願的表情，但無法違抗馬納果達的他最後還是乖乖將爪子伸進岩牢內。

「啊～一開始就這麼做不是很好嗎？啊～真舒服。總算活過來了。呼！」

「……馬納果達先生，這傢伙到底是怎麼回事？」

氣憤難平的利比科古如此問道，但馬納果達沒有回答，只是催促一旁的夸卡比娜行動。

接著夸卡比娜居然打開了岩牢的門。

「撒旦先生，我想帶您去一個地方。可以請您出來嗎？」

「「「咦？」」」

路西菲爾、利比科古和撒旦異口同聲地表示困惑。

「因為現在時機正好。對了，雖然要請您離開這座岩牢，但我們還不會解除您手上的魔力鎖喔。呵呵呵。」

「……喂，我姑且給你們一個忠告，這傢伙是那種只要能自由與周圍的人說話，夥伴就會自然增加的類型。要是隨便放他自由，你們可是會被他反將一軍喔。」

路西菲爾不悅地瞪向即使感到疑惑，仍緩緩走出岩牢的撒旦，但馬納果達完全沒將路西菲爾的話放在心上。

「呵呵呵，那樣正合我意。不如說我還真想親眼見識一下那樣的場面。」

「……」

撒旦側眼看向一臉不悅的路西菲爾，但什麼都沒對他說，直接向馬納果達問道：

「然後呢？我們接下來要去哪裡？」

「去一個在這座里內，只有少數人能夠進入的場所。路西菲爾先生也請一起同行。」

「馬、馬納果達大人？您該不會要讓這些外人看那個東西？」

馬納果達的話讓利比科古大為動搖。

那裡是在里內被稱作「寶物庫」的地下空間。

「沒錯。利比科古，你也一起來吧。我也有叫巴巴力提亞和西里亞特。」

「那裡到底有什麼東西？」

夸卡比娜的回答十分簡潔。

「……有我等馬勒布朗契真正的敵人。」

那裡放了好幾具「屍體」。

在馬納果達的帶領下，一行人來到一個整齊地擺放了許多屍體的空間。

每具屍體都擁有類似鐵蠍族甲殼的硬質皮膚。

雖然許多屍體都有受損，但負責回收的馬勒布朗契似乎有將那些屍體像拼圖般重新排好，因此大致能想像那些屍體生前是什麼樣子。

那是一種明明外表像全身被堅硬甲殼包覆的巨人，但又擁有許多像在地上爬的魔蟲般一節一節的關節，外表平坦的生物。

躺在地上的奇妙屍體有很多隻圓形的腳，雖然唯一像惡魔的上半身長著圓筒狀的手臂，但只有肩膀、膝蓋和腳踝等關節部位受到異樣的隆起物保護，手臂的其他部位幾乎都是直接露出骨頭，而且頭部還沒有眼睛、鼻子和嘴巴，看起來一片平坦。

仔細一看，地上還放了幾個像是橢圓形的球體上長了許多眼睛般，感覺十分詭異的物體。

面對這樣的場景，撒旦與路西菲爾都看呆了。

「呵呵呵，兩位覺得如何。這就是我等馬勒布朗契族真正敵人毀滅後的樣子。」

即使被馬納果達這麼說，兩人仍好一陣子說不出話來。

「撒旦先生。」

「喔、喔。」

「哎呀，看來您真的大吃一驚呢。我想跟您確認一件事，請問在北邊，在您的活動範圍內有外表像這樣的種族嗎？」

「……不，從來沒見過。」

撒旦思考了一會兒後才如此回答。

「嗯。那活動範圍不限於北邊，足跡遍布魔界各地的路西菲爾先生呢？」

「…………」

「路西菲爾先生？」

路西菲爾不知為何比撒旦更沉迷於寶物庫的屍體。

「路西菲爾先生？」

「……喔、喔。不好意思。不，我也沒看過這種奇怪的傢伙。」

「真的嗎？」

馬納果達不知為何進一步追問路西菲爾。

「真的啦。不然你想怎樣。」

「那個巨人的頭部可以打開。巴巴力提亞。」

在馬納果達的指示下，一名撒旦也是第一次見到的年輕馬勒布朗契走向巨人的屍體，開始用力抬起相當於頭部的部位。

「請兩位看一下裡面。」

「「裡面？」」

「請放心。裡面沒有什麼奇妙的陷阱或機關。不過希望兩位能好好確認一下，尤其是路西菲爾先生。」

「我嗎？」

撒旦和路西菲爾無奈地看向巴巴力提亞撐起來的巨人頭部。

「「？」」

下一個瞬間，撒旦和路西菲爾同時倒抽了一口氣。

裡面有一具性質和其他東西明顯不同的屍體。

雖然屍體已經在漫長的歲月中變得乾癟，但頭部仍殘留著褪色的銀色頭髮。

然後是空蕩蕩的兩個眼窩與鼻腔，以及擁有臼齒和犬齒的下顎。

乍看之下很像是骸魔道族的屍體，但骸魔道族沒有頭髮。

這明顯是體內擁有骨骼的脊椎動物的屍體。

此外仔細一看，在巨人的頭部中還有其他人工加工過的痕跡，看起來像是用來讓銀髮的屍體乘坐。

除了這些以外，裡面還有許多質感奇妙的起伏和板子，怎麼看都不像是生物的體內。

「你們有看過嗎？」

「抱歉，果然沒看過。我第一次看見這種東西。」

撒旦再次如此宣告。

他以前的確沒看過這種奇妙的結構物。

「…………這是？」

不過路西菲爾表現出來的反應明顯比撒旦強烈。

路西菲爾緊盯著屍體的頭髮。

馬納果達滿意地看著那樣的路西菲爾。

「……不知道。我本來以為有點印象，但果然還是什麼都不知道。」

最後路西菲爾如此回答，但這次馬納果達沒有繼續追問。

「然後呢，你給我們看這些東西幹什麼？」

「呵呵呵，撒旦先生。您在北方將許多種族集合在一起，並將那個集團稱作『魔王軍』吧。」

「嗯。」

「在聽說最強的流浪惡魔路西菲爾先生是資歷最老的成員時，我真的嚇了一跳。呵呵呵，撒旦先生，我對您抱持某種期待，那就是或許您能像應付魔王軍的那些人一樣，將這些屍體變成自己的夥伴。」

「這些屍體？」

夸卡比娜代替說明得不夠清楚的馬納果達說道：

「這些傢伙，就盤據在我們領域的南方。」

「這裡的南方……」

撒旦不動聲色地從記憶深處拉出魔界的地圖。

「這些巨人以外的傢伙，現在仍盤據於我們領域的南方，並持續對我們造成威脅。這場戰爭已經持續了五千年。」

「五千年……」

這漫長的期間，讓路西菲爾忍不住發出呻吟。

「這些傢伙至今仍會無窮無盡地從南方湧出。我等祖先為了與其對抗，選擇像他們那樣增加族人的數量，不過這些傢伙的力量，強到就連我們這些頭目都很難擊倒。」

「……我想也是。」

「……這還用說。」

「咦？」

「「不，沒什麼。」」

撒旦和路西菲爾各自慌張地否定自己剛才發出的低喃，所以彼此都沒聽見對方說了什麼。

「在我等偉大的祖先首次擊倒這些傢伙時，似乎是由這個巨人擔任敵人的族長。之後我們再也沒見過這個巨人，我們本來以為敵人在失去族長後就會瓦解……」

然而爭鬥至今仍在持續。

「據說祖先們曾被這些傢伙單方面地蹂躪，但我們在漫長的歲月中累積了許多經驗與戰術，並終於獲得能與其對等戰鬥的實力，現在頭目們會輪流帶領族人防守領域的南方，將這些傢

伙擊退。」

「……然而你們卻為了應付魔王軍的入侵，要所有人集合。」

路西菲爾傻眼地說道，巴巴力提亞回答他的疑問：

「沒辦法。遺憾的是，我等馬勒布朗契也並非團結一致。畢竟就連在與這些『銀腕族』戰鬥的期間，都有可能發生被同族從後方偷襲，奪走頭目寶座的狀況。」

看來馬勒布朗契將這些從南方攻過來的屍體們稱為銀腕族。

「這些傢伙很強。」

馬納果達再次開口。

「即使我們這些頭目一起進攻，他們也會無窮無盡地湧出。這些傢伙基本上沒有撤退的概念。看起來也不懂什麼是疲勞與恐懼。最奇妙的是，從這些傢伙身上完全感覺不到魔力。」

「「……」」

撒旦和路西菲爾默默地聽馬納果達說明。

「與這些明明沒有魔力、卻能不斷發動強大攻擊的銀腕族做出了斷，是我等馬勒布朗契族的宿願。不過就現狀而言，我們缺乏進攻的手段。即使我們在這五千年裡找到了防守的方法，至今仍不曉得該如何進攻。」

「都已經準備那麼久了，為什麼還無法發動進攻？你們不是還有那招能把大軍送到我們陣營中的奇妙技巧嗎？」

「原因很簡單。」

馬納果達走近銀腕族的屍體，用爪子前端戳了一下屍體的皮膚，接著便響起一道從外表無法想像的堅硬聲響。

「他們非常『硬』。相較之下，鐵蠍族的甲殼根本不算什麼。」

說完後，馬納果達環視聚集到這裡的頭目們。

「我等馬勒布朗契是個弱小的部族。雖然依靠數量奮戰到現在，但那是因為對手的肉體都沒有強到能抵抗我們的利爪與牙齒。光靠我們部族戰士的利爪，無法輕易貫穿這些傢伙的甲殼皮膚。」

「就算是那個路比岡德，和那邊那個叫利比科古等看起來很有力氣的傢伙也一樣嗎？」

「……不是辦不到，但結果正如你們所見。」

雖然不曉得是來自防衛戰或進攻戰，但這個銀腕族的屍體，就是馬勒布朗契曾經打過少數勝仗的好例子。

撒旦看向利比科古用爪子指的方向後，馬上就發現大部分屍體的致命傷，都有源自強力打擊的破碎痕跡。

「當然在漫長的歷史中，我們不可能只有打倒這幾隻，但不論是這個像族長的巨人還是小

型的蟲子，都是因為狀態良好才被我們保存起來研究。」

「研究啊。」

這句話讓撒旦忍不住咧嘴一笑，眼尖地注意到這點的路西菲爾不悅地皺起眉頭。

「所以你希望本大爺能想辦法解決那些你們花了五千年也無法擊敗的對手嗎？」

馬納果達用力點頭肯定撒旦的說法。

「擊退、籠絡或是殲滅，不管用什麼形式都可以。您願意幫忙嗎？」

這是命令。

恐怕馬納果達從最早放撒旦一條生路時開始，就已經擬定好這個計畫。

「我對您的能力有信心，畢竟您可是曾統率過那麼混亂的組織。」

雖然馬納果達大力稱讚撒旦，但從他的角度來看，或許只是久違地找到了一個有機會實現的可能性，實際上並沒有對撒旦抱持那麼高的期待。

無論如何，只要撒旦說自己辦不到或不想做，馬勒布朗契們就沒理由繼續讓撒旦活下去。

「沒辦法。我試著努力看看吧。」

撒旦一答應，馬納果達就露出甚至可用純真來形容的笑容開心地說道：

「哎呀！這樣啊！您願意幫忙嗎！真是太好了！呵呵呵！」

「……你真是個奇怪的傢伙。」

「還比不上撒旦先生。呵呵呵，我只是單純喜歡厲害又能幹的人。」

馬納果達只差沒用凶暴的利爪抱住撒旦。

「巴巴力提亞剛才也說過我等馬勒布朗契並非團結一致，實際上那個叫路比岡德的男人，也一直都為了當上首席頭目而覬覦我的性命。」

「是這樣嗎？」

撒旦一表示驚訝，夸卡比娜和利比科古就立刻板起了臉，但巴巴力提亞只是無奈地搖頭。

「這樣的心態不是很了不起嗎？如果沒有這種炙熱的內心和見機行事的能力，根本就當不了族長。真要說起來，路比岡德和那些仰慕他的頭目都是我的敵人，但他同時也是最能讓我放心交付任務的男人。他總是自願前往南方守備，這是因為他想藉由打倒銀腕族，變得比我更有名望，拜此之賜，不論是我還是我等馬勒布朗契一族都輕鬆了不少。我是真心地感謝他呢，呵呵呵。」

「……」

撒旦有些羨慕地看向像個孩子般滔滔不絕的馬納果達。

擁有能夠如此形容的對象，而且對方肯定也明白這件事。

對馬納果達和路比岡德而言，對方應該既是最好的競爭對手，也是最棒的夥伴吧。

「因為馬納果達大人總是這個樣子，所以我們經常得辛苦地和跟隨路比岡德的那些傢伙勾

心鬥角。」

「這就是所謂的政治啊。」

撒旦苦笑地回答夸卡比娜不自覺吐出的苦水。

「夸卡比娜小姐，這也是因為我信任你們啊。」

馬納果達也說道。

「雖然我喜歡厲害又能幹的人，但討厭又弱又吵的傢伙。我一直都在等路比岡德先生露出破綻，好趁機把德拉基那傢伙給殺掉呢……」

從周圍的人一同露出苦笑來看，那個叫德拉基的傢伙應該是某個不在現場、與路比岡德勾結的頭目吧。

「然後呢？你什麼時候會安排我和那些叫銀腕族的傢伙見面？還有再怎麼說，我都不可能獨自應付那麼多敵人。你應該會派點人手給我吧。」

稍微對馬勒布朗契這個種族奇妙的團結方式產生了一些親近感後，撒旦如此問道，而馬納果達也點頭答應。

「理應如此。我會盡可能回應您的要求。當然，您也要拿出相對應的成果。」

「唉，我會努力符合你的期待。」

「很好。」

馬納果達滿意地點頭，但他的下一句話讓現場所有頭目瞬間露出苦悶的表情。

「那麼撒旦先生，請您去和路比岡德、格拉非岡、德拉基亞索與卡尼查歐等人，一起應付銀腕族。」

在場的頭目中，沒有人是叫這四個名字。

換句話說，那些人都是路比岡德派。

不難想像希望透過打倒銀腕族提升名望的路比岡德，在聽見馬納果達提出的這個計畫後會有什麼反應。

即使表情苦悶，撒旦仍不禁笑道：

「……你的性格還真是不賴啊。」

「還比不上撒旦先生，呵呵呵。」

※

距離那場屈辱的慘敗，已經過了三十天。

被路西菲爾破壞的岩寨也大致修復，魔王軍總算有餘裕回頭檢視在大河南部平原與馬勒布朗契展開的那場戰鬥，艾謝爾毫不顧忌地坐在以前是由擔任議長的撒旦坐的椅子上，和卡米歐

一起分析與馬勒布朗契展開的那場戰鬥。

「那應該是很久以前被稱做『闇空隧道』的魔法。」

「闇空隧道？」

艾謝爾對這個詞沒有任何印象。

「沒錯。在下在比撒旦還要年輕的時候，曾看過一次那個魔法。」

對於馬勒布朗契在大河南部的那場戰鬥中憑空出現，卡米歐和艾謝爾都認為解析這個現象是當務之急。

畢竟亞多拉瑪雷克和撒旦的部隊之所以潰敗，無疑是起因於馬勒布朗契神祕的現身方式。

雖然艾謝爾的部隊遭受的損害較輕微，但被人從陣地後方襲擊這種荒謬的狀況，還是讓他們大為混亂。

儘管是後來才調查出來的事情，但許多人都有看見撒旦率領的飛龍隊被紫色的熱線擊潰，看來路西菲爾似乎也有出現在那個戰場。

「該怎麼形容才好……其實在下也不曉得詳情，只知道那似乎是一種能在距離遙遠的兩個地方分別設置出口和入口，並且只要通過那裡就能一口氣跳過漫長的距離移動的魔法。」

「……真是可怕的魔法。」

能讓大軍在不被敵人發現或干涉的情況下移動的魔法。

這實在是太驚人了。

即使惡魔們不需要糧食，為了在戰爭時能讓部族進軍，他們還是必須確保用來運送裝備、物資、救助傷患與聯絡用的後勤路線。

根據地離戰地愈遠，就必須建立愈堅固的後勤路線，但馬勒布朗契完全不需要這些東西。

畢竟不管在哪裡戰鬥，戰地對他們來說都像是在根據地的隔壁。

雖然不曉得所謂「一口氣跳過」是不是連時間都會一起縮短，但總之無法以一般的想法來迎擊。

「儘管不是無敵，但敵人能夠隨心所欲地進攻與逃跑，和這種對手根本就打不起來。」

如果有這種力量，當時應該就能戰勝撒旦吧。

艾謝爾突然產生這樣的妄想，但現在問題是馬勒布朗契。

「這是馬勒布朗契特有的招式嗎？卡米歐，你以前看過的使用者是……」

「雖然因為是太久以前的事情而沒什麼印象，但應該不是馬勒布朗契。」

「……換句話說，他們只要在領域內藏一些哨兵，就能隨時派大軍前往那個地方嗎……這實在太無懈可擊了。」

如果我方無法使用相同的招式，不管怎麼進軍都一定會重蹈覆轍，但目前還想不出其他方法。

「不過倒也不是這樣。」

此時傷口已經痊癒，變得愈來愈有活力的亞多拉瑪雷克緩緩抵達。

「呼~真是的，我討厭做這種事，肩膀會變僵硬。」

亞多拉瑪雷克活動肩膀，發出如落雷般響亮的聲音，然後將一塊石板扔到艾謝爾面前。

「總算徹底掌握當時的損害狀況了，你不覺得奇怪嗎？」

艾謝爾掃了一眼石板，然後馬上就發現亞多拉瑪雷克想說什麼。

「損害比想像中少呢。」

「沒錯。當然，那同樣是我等魔王軍有史以來最大的損害，撒旦的死更是比這嚴重萬倍的損失……」

當初卡米歐等人原本以為損失了全軍四分之一的士兵，但實際的死者不到這個數字的一半，有些人即使在戰場上負傷，之後還是順利生還，有些人則是花了一段時間才逃回來，他們發現了許多類似的例子，就結果而言，直接因為戰鬥而死亡的人數不到全軍的七分之一。

「……當時明明那麼混亂，結果只損失了這些人。」

「沒錯。坦白講，我當時本來以為自己死定了，但即使有一陣子被多到讓我連長槍都無法使用的馬勒布朗契包圍，最後我還是像這樣生龍活虎！」

「唉，姑且不論你的身體狀況，總之對手明明奇襲成功並獲得了蹂躪我軍的好機會，結果實際的損害就只有這點程度……嗯。」

「這表示敵人應該也有受到某種限制吧。例如那個魔法一次能運送的人數不多，或是能運送的魔力總量有限。」

「不過敵人的數量和我軍的數量差不多呢。」

「我認為後來出現的那些馬勒布朗契當中，應該也摻雜了幻影。」

亞多拉瑪雷克雙手抱胸，懊悔地說道。

「我一開始曾見過路西菲爾和馬勒布朗契大軍的幻影，所以便擅自認定之後現身的那些有實體的馬勒布朗契應該也是幻影，並吃了不少苦頭。不過反過來講，其實我也無法確定之後從那團黑暗中現身的馬勒布朗契們，是否全都擁有實體。」

「敵人的策略就是不斷讓我方陷入混亂，讓我們無法共享正確的情報嗎……不過如果亞多拉瑪雷克的假設正確，那究竟要如何分辨幻影與實體呢？」

面對艾謝爾的問題，卡米歐和亞多拉瑪雷克嘟囔著回答：

「嗯～如果使用有效範圍廣大的大規模魔法……不過如果演變成像之前的戰鬥那樣就沒用了。畢竟從一開始就陷入了混戰。」

「我深深體會到他們可怕的地方，就在於能直接將士兵送到敵陣中。因為他們能出現在我們完全沒預料到的地方，所以陣形根本就沒用。」

「也就是能瞬間讓我們陷入混戰吧。看來只能預設敵人會這麼做，從一開始就做好將士兵們分散開的覺悟……」

「這樣會徹底拖垮進軍速度吧。不僅會接連遭到奇襲，在抵達敵人的根據地之前的行動也會徹底曝光，對方也可能會直接讓大軍嚴陣以待。要是在被消耗完後遭到攻擊，這次真的會蒙受嚴重的損害。」

「不過馬勒布朗契的個體每個都不怎麼強吧。即使力量稍微減弱，只要撐過一開始的混亂就會有辦法應付吧。」

「卡米歐，你當時不在現場，所以或許不知道，但要我們在遭遇那種奇襲後還不陷入混亂，可沒嘴巴上說得那麼簡單。」

「……」

在一旁聆聽兩人議論的艾謝爾，因為討論遲遲沒有結論而感到焦急，開始反覆握緊和張開自己的手。

艾謝爾本人當時也打倒了幾隻馬勒布朗契，而且感覺敵人的實力確實不怎麼樣。

如果只看個體強度，魔王軍的流浪惡魔隊多的是遠比馬勒布朗契厲害的人才。

不過就像亞多拉瑪雷克說的那樣，因為遭遇奇襲而慌了手腳的戰士，只能發揮不到原本一半的力量。

若馬勒布朗契反覆進行奇襲與逃亡，精神上的疲勞應該會侵蝕戰士們的身體吧。

「走投無路了嗎？」

艾謝爾如此低喃。

「……嗯？」

在他反覆握緊和張開自己的手時，指尖的利爪似乎偶然碰到了彼此並發出聲響，艾謝爾停止進行這個無意識做出的動作。

「…………」

但剛才的聲音似乎觸動了艾謝爾腦中的什麼。

剛才的聲音，隱藏了某種對抗馬勒布朗契的提示。

艾謝爾的表情沒有改變，但在他的眼睛深處，其實正拚命地思考。

馬勒布朗契的移動術之所以可怕，是因為能將大量敵方的戰士送到我軍的陣地中。

這項移動的起點，一定是在馬勒布朗契的安全地帶。

只要陷入混戰，我方就無法有效地對應。

在敵軍中，也可能摻雜了沒有實體的幻影。

馬勒布朗契的個體戰力不強。

要發現敵人的奇襲很難，想不陷入混亂更是困難至極。

魔王軍擁有哪些種類的惡魔。

走投無路。

「卡米歐！」

「嗶？什、什麼事？」

在與亞多拉瑪雷克討論得正激烈時突然被人大聲呼喚，讓卡米歐發出尖銳的叫聲。

「飛龍隊的成員，就只有撒旦率領的那些人嗎？」

「嗶、嗶？不，當然還有其他候補人員和留下來防守城寨的人……」

「總共有多少人？」

「這、這個嘛。撒旦率領的那些人實際上占全體的半數，所以還剩一半，大約兩百人。」

「兩百啊。」

艾謝爾將這個數字加進於自己腦中閃過的構圖。

「……還需要一百……不對，五十，培育這些人需要多久？」

「還要五十人嗎？嗯……現在離飛龍的繁殖期還有一段時間。雖然騎兵要多少有多少，但騎乘的技術並不容易學會。上層的龍舍前陣子誕生了二十二頭，再加上其他龍舍……至少要再等一年。」

「一年啊。」

「因為在下與撒旦開發出了能在短期間內培育飛龍的技術，所以和飛龍隊剛起步時相比，成長為成獸的期間已經縮短為原本的三分之一。」

對魔界的惡魔來說，一年並不算很長的時間。

雖然至今都沒什麼興趣，但艾謝爾以前並不曉得原來飛龍能在這麼短的期間內生育。

儘管對得意洋洋的卡米歐不好意思，但若是要和馬勒布朗契開戰，這段期間還是太長了。

「那能夠填補飛龍的不足，擅長空戰的惡魔有多少人？可以的話，包含帕哈洛・戴尼諾族在內，最好要有五百人。」

「看來你似乎想到了什麼好方法。」

艾謝爾用力點頭回答亞多拉瑪雷克的問題。

「在你的計策中，應該也有讓我發揮實力的場合吧。」

「那當然。」

艾謝爾點頭。

「你和我都必須重新學習用不同的方式統率士兵。」

「喔？」

亞多拉瑪雷克深感興趣地笑了一下。

「我們必須用與過去完全不同的方式行軍。辦得到嗎？」

「你以為你在跟誰說話。」

亞多拉瑪雷克自信滿滿地以雙拳互擊。

「他們可是我和撒旦訓練出來的強者。我們早就習慣了撒旦的奇計。事到如今就算顛覆一兩樣常識，也不會有人驚訝。」

「……這樣啊。」

艾謝爾深刻體會到這個集團真的是充滿了許多奇妙的惡魔。

在對亞多拉瑪雷克的回答感到滿意的同時，艾謝爾其實也已經意識到自己的策略，只有在撒旦留下的這個集團中才有辦法實現。

若艾謝爾是從頭開始做和撒旦一樣的事情，那他和亞多拉瑪雷克一起攜手合作的日子想必永遠不會到來。

「真是個奇妙的傢伙。」

艾謝爾露出苦笑，此時他突然發現一件事。

「……」

「怎麼了？」

「怎麼了嗎？」

依序看向卡米歐和亞多拉瑪雷克的臉後，艾謝爾回想起直到前陣子都還坐在這張椅子上的撒旦，然後開口說道：

「……這樣一想……我愈來愈不明白為什麼路西菲爾以前會待在這裡了……」

「「……」」

艾謝爾提出的這個就某方面來說十分單純的問題，讓卡米歐和亞多拉瑪雷克都變得啞口無言。

※

「哈啾！」

「喂！」

「抱、抱歉……」

一旁的路西菲爾突然打了個噴嚏，讓撒旦嚇得背脊發涼。

他慌張地窺探四周，幸好剛才的噴嚏並沒有讓狀況產生什麼變化。

「小心點啦，要是再引來一群那種東西，我可是會被嚇死。」

「我、我知道啦……」

兩人正藏在平原上的一個小凹洞內。

足以讓撒旦的巨大身軀隱藏的凹洞周邊，漂浮著薄薄一層由魔力製造出來的冰微粒。

「……那裡有一隻。」

「嗯，是那個細長的傢伙吧。」

「幹得掉嗎？」

「還是放棄比較好。再更前面一點有一大群。」

「……真傷腦筋。」

撒旦用力吐了口氣，躺在凹洞內側的斜坡上。

「怎麼辦。這樣下去今天也無法繼續前進，又要被路比岡德嘮叨了。」

「……」

「真是的，沒想到那些銀腕族這麼厲害。跟我聽說的完全不同啊。」

銀腕族是一種來自馬勒布朗契領域南方的神祕惡魔，此刻撒旦和路西菲爾正在研究他們的生態。

路比岡德主動接下防守領域不被銀腕族侵犯的任務，他對馬納果達想要籠絡銀腕族的想法一笑置之，所以不願意借太多人手給撒旦。

而被派來協助撒旦的馬勒布朗契，也輕易就被殲滅了。

雖然撒旦已經探查過銀腕族的領域好幾次，但因為絕對不能與他們對上，所以只要稍微擴大探索範圍，就會造成這樣的結果。

雖然在大河南邊的馬勒布朗契領域，也有個十分遼闊的平原，不過在更南邊的地方，還有另一個由平緩的下坡組成，不曉得延伸到何方的奇怪平原，那裡完全沒有任何地方能躲。

邊警戒周圍邊前進的撒旦，原本帶著從德拉基亞索那裡借來的二十名毛茸茸的馬勒布朗契戰士，結果他們一瞬間就被待在平原中的某個平緩小丘上的僅僅五隻銀腕族給殲滅了。

撒旦一開始完全不曉得發生了什麼事。

才剛發現有道綠色的熱線從視線範圍外射了過來，一旁的馬勒布朗契的頭就消失了。

等他們急忙散開時已經太遲了，綠色熱線以不遜於路西菲爾紫光熱線的準確度，將馬勒布朗契一個接一個地殺掉，即使好不容易看見銀腕族，撒旦還是完全無法靠近對方。

不過此時路西菲爾居然跑來支援撒旦。

「快放出冰霧！」

撒旦在莫名其妙的狀況下，按照路西菲爾的指示放出冰霧——

「喔？」

結果熱線在命中冰霧後就改變方向，轉向完全無關的地方。

「唔……唔喔喔喔喔！」

雖然路西菲爾自己也被擊中一發，但還是用擅長的熱線瞬間射穿了遠方的五隻銀腕族。

在五道人影於遠方山丘倒下的同時，不知為何還發生了爆炸。

「你還挺能幹的嘛！」

撒旦驚訝地說道，但路西菲爾仍未卸下緊張的表情。

「快點逃吧！」

「啊？」

「剛才的攻擊會引來其他傢伙！快點逃吧！」

「喔、喔？」

雖然不明白原因，但撒旦還是跟著路西菲爾從平原撤退。

不過敵人馬上就展開了追擊。

「可惡！居然到現在還這麼快！」

路西菲爾大聲辱罵，在他後面的天空，曾在馬勒布朗契的寶物庫見過的那個擁有無數眼球的球體，正朝著這裡飛來。

「那、那是什麼啊？」

「快飛啊！鐵鳥要來襲擊我們了！」

「鐵、鐵鳥？」

等撒旦對這個初次耳聞的詞彙感到驚訝時，已經太遲了。

「騙、騙人的吧……」

路西菲爾已經在充滿眼球的球體後方，發現了十個新的追兵。

「那、那是什麼東西！」

「總之先找個能躲起來的地方！唔！」

「噗哇！」

被路西菲爾稱做鐵鳥的球體，彷彿從一開始就知道撒旦和路西菲爾在哪裡般，直接飛向兩人的所在地。

路西菲爾一注意到他們的動作，就朝腳底的地面發射魔力球引爆，掀起漫天的沙塵。

「你、你幹什麼啊！」

「別吵了，如果不想死就乖乖聽我的話！往這邊走！」

路西菲爾胡亂朝周圍的地面發射魔力球，趁到處都在爆炸的時候，盡可能帶撒旦遠離一開始的戰鬥區域。

「喂！路西菲爾，前面！」

「咦？啊，可、可惡！」

然而名叫銀腕族的神祕惡魔不允許他這麼做。

在兩人前進的方向，又有約三十隻和剛才從山丘上進行狙擊的傢伙長得一模一樣的惡魔，以像是在地面滑行般的姿勢追了過來。

「唔喔？」

然後這個集團，開始各自朝兩人發射綠色的熱線。

撒旦幾乎是反射性地在兩人面前展開剛才曾成功防禦熱線的冰霧。

「啊，笨、笨蛋！」

等路西菲爾發出警告時，已經太遲了。

「嘖！」

合計超過六十道的熱線開始在冰霧中複雜地糾纏，描繪出完全無法預測的軌跡——

「呃啊！」

其中五道熱線射中了撒旦與路西菲爾。

「好痛痛痛！這是怎麼回事！」

不只是狙擊的精確度，就連威力與衝擊都不輸路西菲爾的熱線。

「喔喔喔喔喔！」

撒旦瞄準朝自己逼近的細瘦銀腕族放出魔力球——

「啊？」

然而銀腕族集團卻在前進速度完全沒改變的情況下，再次以滑行般的動作朝左右分散。

雖然這看起來只是普通的平行移動，但由於對方的腳完全沒有移動的跡象，讓撒旦嚇了一跳。

「撒旦！」

路西菲爾在判斷無法從空中逃跑後，馬上朝地面放出威力更強的魔力球。在挖出一個深達數十公尺的洞後——

「蓋起來！」

他將撒旦拉進洞裡，如此喊道。

撒旦也立刻察覺路西菲爾的意圖，用魔冰塞住入口。

雖然綠色的光芒仍在冰的對面閃爍，但看來敵人不會立刻打碎魔冰跳下來。

這段期間，路西菲爾開始用熱線熔解地底，做出一條隧道。

光是熔解地底，就會讓洞內充滿驚人的高溫，為了避免魔冰的蓋子破裂漏出空氣，路西菲爾一熔解完，撒旦就會從後面用魔冰冷卻，兩人一點一點地前進，緩緩脫離銀腕族的包圍網。

然後就在他們像鼴鼠般於地底前進的途中——

「……不行，到極限了。真奇怪，為什麼會這麼累。」

路西菲爾的疲勞終於到極限了。

「我也快沒力了。稍微上去看看吧。我們已經走了很遠，他們應該沒追上來。」

「希望如此……」

由於撒旦也一樣非常疲憊，因此他們決定將前進的方向改成往上，先出一次地面看看。

他們戰戰兢兢地探出頭，發現周圍沒有銀腕族的身影。

為了預防被襲擊，撒旦展開薄薄的冰霧，同時為了能隨時逃回腳底的洞穴，兩人在地上挖了個凹洞，讓筋疲力竭的身體橫躺在凹洞的斜坡上。

路西菲爾謹慎地觀察銀腕族的身影，然後總算放心地鬆了口氣。

「……看來已經走了。他好像不是在追我們，只是在這附近巡邏。」

「那真是太好了。我還想再休息一會兒。真是的，這附近的地下都沒魔力嗎？」

「我也不知道，但要是再被那個集團包圍，應該就沒辦法再用同一招了。」

「說得也是。果然只能做好被路比岡德挖苦的覺悟逃回去了。唉。」

撒旦用總算恢復的魔力，治療被貫穿的傷口——

「謝啦。真是幫了大忙。」

同時向路西菲爾道謝。

「唔。」

「如果你沒來，我應該在那裡就被莫名其妙地殺掉了。」

「……沒什麼，我只是剛好看見。」

路西菲爾尷尬地說著像是藉口的回答。

「你不是已經對我徹底失望了嗎？」

「是這樣沒錯……不過。」

雖然路西菲爾馬上加以肯定，但很快又低下頭嘟囔道：

「一想到你可能辦得到，就忍不住出手了。」

「啊？」

「撒旦，你知道『銀腕族』的真面目吧。」

與語氣相反，路西菲爾看向撒旦的眼神感覺沒什麼自信。

「為什麼你會這麼認為？」

「雖然不甘心，但應該是因為和你相處了很長一段時間，所以大概知道你的習慣吧。」

路西菲爾將視線從撒旦身上移開，邊警戒剛才發現銀腕族的地方邊開口說道：

「你在馬納果達給你看銀腕族的屍體並問你知不知道這些東西時，回答了『從來沒見過』

吧。」

「……有嗎？」

撒旦試著裝傻，但路西菲爾以凶狠的眼神側眼瞪向他。

「事到如今，別以為你能夠騙得過我。你有說過。你稍微煩惱了一下該如何回答，然後說『從來沒見過』！」

「別那麼大聲啦。然後呢？」

「你在重要的場合，總是會讓自己的言行具備多重的意義。我覺得你當時之所以猶豫，是為了擬定某種計畫。雖然你真的沒見過鐵腕族，但從以前就知道他們的存在。」

「……」

「你從以前就知道一些連卡米歐（臭老頭）都差點忘記或不知道的事情。如果是現在也就算了，但你從個子比我還小的年幼時期開始就是如此。你一定早在那個時候，就知道『銀腕族』的事情對吧？」

「……唉～就算這時候騙你也沒意義。如你所說，我以前就知道『銀腕族』的事情，但我真的是第一次見到他們。」

「你是怎麼知道他們的？」

「……很久以前，從一個奇怪的傢伙那裡聽來的。」

「奇怪的傢伙，該不會黑羊族也有像卡米歐那樣的老人吧？」

「不，我是在族人滅亡後，被卡米歐撿到前的那段期間知道的。只是我當時還不太相信，應該說我很懷疑是否真的有那樣的生物存在，所以沒有很認真在聽……畢竟重點是在這些傢伙的後面。」

撒旦困擾地搔了一下頭後，躺到路西菲爾身邊，開始回想起剛才成群襲擊兩人的細瘦銀腕族。

「我記得是叫巡邏用極地戰鬥機人熾天使Ⅲ型吧。」

「啊？」

撒旦突然說出一個奇怪的詞彙，讓路西菲爾驚訝地睜大眼睛。

「巡邏用極地戰鬥機人熾天使Ⅲ型，這就是那個在地上跑的細瘦『銀腕族』的名字。被你叫做鐵鳥的傢伙，則是無人戰鬥翼智天使Ⅳ型。」

「……」

路西菲爾這次真的嚇了一跳，凝視撒旦的側臉。

「然後那個像一堆眼睛合起來的東西，是索敵觀測球天意。」

「這是那些傢伙的名字嗎？」

「嗯。其他應該還有很多種，但我不太記得了。馬納果達給我們看的那個巨人，應該也有

個奇怪的名字。」

「明明連這麼複雜的名字都知道，為什麼會不曉得該怎麼對付他們。」

「我就說我當時沒認真聽啦。雖然曾聽說他們很強，但沒想到會強成這樣，而且按照我的計畫，就算得和他們戰鬥，應該也會有辦法解決。只是沒想到會在這種情況下來到這裡。」

「……喔，按照你的計畫啊。」

接著路西菲爾有些不悅地問道：

「那是什麼意思，和你讓艾謝爾加入後想做的事情有關嗎？」

「是啊。」

也不曉得有沒有注意到路西菲爾的心情，撒旦乾脆地肯定。

「你知道再往前有什麼東西嗎？」

「再往前，是指穿過這個充滿銀腕族的平原之後嗎？」

路西菲爾忍不住看向平原的另一端。

「我是真的不知道……不過。」

然後不自覺地低喃。

「我一直想知道。」

「啊？」

「……不，沒什麼。所、所以說，那裡到底有什麼啊！」

路西菲爾不悅地問道，撒旦嚴肅地說出那個名字。

「古代大魔王撒旦居住的城堡，魔王都撒塔奈斯亞克。」

「啊？」

這回答實在太出乎意料，讓路西菲爾大吃一驚。

「那些銀腕族，好像是守衛已經毀滅的魔王都的軍隊。」

「古代大魔王，是指那個大魔王撒旦？你說的那個位於馬勒布朗契領域南方的撒塔奈斯亞克，就是指這裡嗎？」

「沒錯。包含我在內，現在魔界有許多惡魔都叫撒旦，而這個名字的源頭，似乎曾在那座魔王都統治整個魔界。」

「這也是你從別人那裡聽來的嗎？」

「是啊。」

「……到底是誰告訴你這些事情……然後呢？」

「咦？」

「按照你的『計畫』，你應該會在什麼情況下來到這裡？」

撒旦眨了一下眼睛，在想起自己剛才對路西菲爾說的話後，忍不住用手遮住自己的嘴巴。

「哎呀，我連那種話都說出來啦。真糟糕。這樣不就像是為了敷衍過去，結果不小心說溜嘴嗎？」

然後撒旦有些怨恨地瞪向路西菲爾。

「要是你沒亂發脾氣，事情本來應該會很順利呢。」

「啊？」

撒旦說的亂發脾氣，當然是指路西菲爾破壞蒼角的岩寨脫離魔王軍的事情。

「我只記得『銀腕族』很強，以及那個巨人或許也在，所以我本來打算靠自己的力量盡可能集結戰力後再去……這件事就連卡米歐都不知道。我本來想等收服馬勒布朗契族後，再跟大家提起這件事。魔王都撒塔奈斯亞克，擁有足以掌握整個魔界的力量。」

「掌握整個魔界的力量……這是什麼意思？」

「不知道。」

「不知道？你打算為了這種不確定的事情，要我們幫你做事嗎？」

「但光是古代大魔王曾將那裡當成根據地，就已經夠可信了吧？許多魔界的老前輩都曾聽過那個地方，所以光是征服那裡，就足以對周圍的人造成影響了吧。我統一魔界的第一個目標，就是撒塔奈斯亞克。」

「哈，你終於露出馬腳了。」

「怎樣啦。」

「我在你企圖阻止我破壞岩寨時也曾經說過。雖然統一魔界聽起來是個很了不起的目標，但那是你的野心，不是我們所有人的野心。坦白講，要是你真的統一了魔界，我會很困擾。」

「為什麼？」

「這還用說嗎？現在光是在訓練時殺了幾個弱小的流浪惡魔，就會讓你大發雷霆。等敵人全部消失後，我就真的沒有能戰鬥的對手了。你在一開始的時候曾經說過，會在我想殺人的時候替我準備必要的敵人。要是整個魔界都被統一，所有人都變成了同伴，我不就沒人可殺了嗎！」

路西菲爾像是要當場挑起爭端般，煩躁地對撒旦宣洩不滿。

「不只是這樣！鐵蠍族和艾謝爾明明讓我們吃了不少苦頭，結果你卻那麼珍惜地對待他們！」

「嗯？」

「我聽說你非常努力在討好艾謝爾！你以為我因此背負了多少辛勞啊！就算在訓練時死了兩、三隻鐵蠍族又怎樣！」

「……你。」

「亞多拉瑪雷克和臭老頭也都只顧著艾謝爾，你們以為至今一直在拚命做事的人是誰啊，

可惡！」

「路西菲爾，你……」

「啊？怎樣啦！」

在迎接一個像孩子般愛反抗的新人時，最必須留意的另一個同樣愛反抗的資深成員的意見，讓撒旦產生了些許後悔與喜悅。

「……抱歉啦。」

撒旦微微苦笑，輕撫明明一開始還必須抬頭看，現在卻在不知不覺間變得比自己矮的路西菲爾的頭。

「什……別、別開玩笑了！你這是在把我當小孩對吧！」

路西菲爾驚訝地揮開撒旦的手。

「沒錯，因為你剛才就像是個小孩。」

撒旦重新治療在被路西菲爾揮開後發紅的手臂。

然後對抬頭瞪向自己的路西菲爾說道：

「不過我有點高興。原來你認為我有辦法統一魔界啊。」

「…………啊？」

「既然認真在擔心會變得沒有敵人，就表示你認可了我吧？甚至到了相信這樣下去，或許

我真的能統一魔界的程度。」

「那、那是……」

「唉，不過先不管這件事，我的確太熱衷於討好艾謝爾了。因為你和卡米歐與亞多拉瑪雷克不同，從我還一無所有時開始，就和我是對等的關係，所以你和我說話時總是毫不客氣，我也因為能暢所欲言，就不小心冷落了你。對不起。」

撒旦坦率地低頭道歉，路西菲爾久違地露出好奇的眼神。

因為最近太習慣撒旦的行事作風，所以路西菲爾差點忘了這名惡魔是個不受常識限制的怪傢伙。

「……你、你知道就好……」

「我也想和別人建立類似馬納果達和路比岡德那樣的關係。簡單來講，就是雖然平常是我的部下，但不僅實力能與我互相抗衡，在我有什麼萬一時，也能代替我率領那些被我聚集起來的人們的傢伙。我認為那就是艾謝爾……」

然後撒旦再次將手放在路西菲爾頭上。

「不過要是沒有你，一切根本就無法開始。真的很抱歉。」

「所以我不是說別把我當小孩對待了嗎！」

路西菲爾再次以彷彿要直接砍斷撒旦手腕的力道撥開他的手。

「唉，等你有那個意思後再回來吧。這次我不會再犯錯了。」

「吵死人了！再講下去，我真的會殺了你喔！」

「抱歉抱歉。」

路西菲爾在出言恐嚇的同時轉過身，撒旦朝那道背影輕輕低頭行了一禮。

「話說回來，為什麼你要來幫我？你不是在馬納果達那裡嗎？」

「因為那個叫路比岡德的大塊頭說你在這裡！」

「不，我不是這個意思。」

「……」

撒旦的意思很明顯。

路西菲爾目前算是與撒旦決裂，即使不是如此，按照他的個性，也不太可能會那麼拚命地趕來救撒旦……

「而且你知道怎麼應付銀腕族那個奇怪的熱線攻擊吧。這是為什麼？」

撒旦雖然知道銀腕族的真面目，但不曉得如何與他們戰鬥。

另一方面，路西菲爾明明不曉得他們的真面目，卻知道如何與他們戰鬥。

他不僅知道迴避熾天使Ⅲ型熱線的方法，還能預測鐵鳥亦即智天使Ⅳ型的反應。

再加上被逼上絕境時那個逃到地下的行動。

路西菲爾基於和撒旦不同的理由，知道銀腕族的事情。

「……我有跟你說過我第一次和卡米歐戰鬥，是什麼時候的事情嗎？」

「沒有。不過既然那老頭說得好像那時候是他的全盛時期，應該是很久以前的事情吧。」

「大約三千年前。」

「喔，三千啊……三千？」

這個誇張的數字，讓撒旦驚訝地睜大眼睛。

印象中艾謝爾的年齡大約是一千多歲，而路西菲爾的年齡居然是他的三倍。

此外路西菲爾就算活到了現在，也沒像卡米歐那樣變老，原本就遠遠凌駕當時（應該）很有名的魔鳥將軍卡米歐的實力不僅完全沒有衰退，反而還變得更強，可見他在惡魔中也算是特別像怪物的生物。

「我出生的時間……應該是在更久之前。坦白講那段期間的記憶已經變得很模糊，所以我完全不記得自己原本在哪裡做什麼，但我姑且記得自己在和那個臭老頭戰鬥前，頭腦和身體就已經成長到和現在差不多。」

既然是比路西菲爾在三千年前與卡米歐戰鬥還要久遠的事情，那實在難以想像會是多久以前。

「我從那時候開始就是所向無敵，就某方面來說算是過著缺乏起伏的生活，所以除非是特別有印象的事情，否則幾乎都想不起來……」
「……這樣啊。」
「不過再更之前的事情，只有一件事我記得特別清楚。」
路西菲爾指向視線的遠方。
「我有生以來第一次殺死的東西，就是他們。」
在他指示的方向，有五隻熾天使Ⅲ型。
「雖然不曉得是在何時何地，但我記得曾經殺過他們。我……我打倒了那些傢伙，然後獲得了自由……」
「自由？你以前去過撒塔奈斯亞克嗎？」
「……沒有。至少我自己沒印象，但我在馬納果達那裡看見那個巨人時想起來了。很久以前，我曾拚命想逃離他們。因為逃不掉，所以只能打倒他們。每隔好幾百年，我都會覺得自己好像能想起那是在哪裡，但最後還是想不起來，然後很快就不再把這件事放在心上。不過，我大概……」
撒旦雙手抱胸，認真思考路西菲爾這段宛如自言自語的發言。
「……吶，路西菲爾。」
「什麼事。」

「你……有父母嗎？」

「啊？一定有吧。雖然我沒記憶。」

「那有其他同伴或是族人嗎？」

「沒有。我既沒看過，也沒印象。」

從路西菲爾乾脆地斷言來看，這應該是真的吧。

仔細想想，路西菲爾在馬納果達的寶物庫看見銀腕族時也曾慌了手腳。

路西菲爾基本上不會隱藏自己的感情，也不擅長隱藏。

所以才會輕易展現出怒氣，並過著會明顯表現出這種個性的生活。

隨心所欲地做事，隨心所欲地生活。

對照感情與當下的心情生活的路西菲爾來說，魔王軍與那些銀腕族，應該是少數讓他無法稱心如意的特例。

「你從來不覺得奇怪嗎？」

「不覺得。真要說起來，你現在也是孤身一人吧。反正不是太弱小就是出了什麼差錯，才導致除了我以外的人都被殺掉或毀滅了吧，總之他們從我懂事以來就不在了。不然我也不會從以前就覺得即使不記得他們也無所謂。大概就是這樣吧。」

「唔嗯嗯……這麼說也沒錯。」

雖然撒旦也有父母和族人的記憶，但在併吞無數流浪惡魔與小部族的過程中，他完全沒遇過任何親戚或族人，這讓他確信黑羊族已經只剩下自己一個人。

「唉，總而言之，如果不了解他們的力量絕對無法對付他們。馬勒布朗契奮戰了五千年，至今仍在苦戰。我本來還做好了在我抵達之前，你應該已經死掉的心理準備。」

「託你的福，我勉強活了下來。」

「嗯。」

路西菲爾點頭。

「坦白講，我的確曾想過你或許能統一魔界。既然如此，就不能讓你在這裡被銀腕族殺掉。如果是你，就算沒有人拜託，也會揭露銀腕族的祕密吧。所以要是你在那之前就死掉，我會很困擾。」

「真令人意外。為什麼你對銀腕族這麼執著？你應該不是那種會拘泥於自己的由來或過去的類型吧。」

「啊？這還用說嗎？」

路西菲爾傻眼地皺起眉頭。

「你以為連過去的事情都幾乎忘光的我，為什麼會記得曾經和他們戰鬥和殺掉他們啊。」

他的眼裡流露出憤怒的顏色。

「因為我害怕他們。」

「咦？」

「當時的我似乎還相當弱小。不管挑戰幾次都打不贏，被教訓得很慘，但最後總算突破了他們的包圍網。我殺過好幾個銀腕族，但不曉得為什麼，我還是會怕他們。你相信嗎？被譽為最強流浪惡魔的我，居然無法忘懷曾被那麼細瘦的臭惡魔打得落花流水並感到恐懼的過去。這實在是天大的屈辱。」

「……這樣啊。」

不曉得路西菲爾本人有沒有發現。

殘留在他記憶片段中的那些奇妙的跡象與不協調感。

「坦白講，我也不太記得要怎麼做才能戰勝他們。那個綠色的熱線，應該也有更好的迴避方法。總之我想重新與他們一戰，徹底贏過他們。不過馬勒布朗契花了五千年都無法攻克他們，所以我沒自信能獨自達成這個目標，但你不一樣。」

路西菲爾指向撒旦。

「若是曾將我、亞多拉瑪雷克與艾謝爾聚集在一起的你，或許能解開他們的謎團，找出殲滅那些垃圾的方法，這就是我救你的理由。撒旦，你說過會幫我找樂子吧，請你遵守約定。」

「……明明不是那麼久以前的事情，卻感覺已經過了很久呢。」

「你在說什麼啊，對我來說，你抬頭仰望我，感覺就像是昨天或前天發生的事情。當時你說要改變魔界和去天空的另一端，我還一點都不相信呢。」

「真敵不過你這個大前輩。沒辦法，約定就是約定。和那時候一樣，現在你我都是孤身一人，就讓我們來大幹一場吧。」

「那當然。嗯。」

「嗯？」

「嗯？你這是什麼反應。這當初也是你的提議吧。」

路西菲爾筆直朝撒旦伸出手掌。

撒旦驚訝地看了一下那隻手，但沒多久就露出滿面的笑容，將自己的手疊在那隻手上緊緊握住。

路西菲爾看向包住自己手掌的那隻大手，認真地板起臉。

「……真令人生氣。你以前明明比我還矮。」

「別小看小孩子的成長速度啊。」

「這種話輪不到小孩子本人說。」

這樣就無法撤退了。

「上次是潛入蒼角的岩寨吧。」

「這和那次可不能比啊。雖然對亞多拉瑪雷克不好意思，但銀腕族比蒼角族強多了。」

看準剛才的五隻銀腕族已經消失在地平線的另一端，兩人集中全副精神警戒周圍，輕輕浮在空中。

「總之鐵鳥不像地上那些傢伙那麼喜歡團體行動。他們都是躲在雲裡安靜飛行。」

「我知道了。就這樣直接往南前進吧。」

在刮著強風的南方天空，兩名惡魔朝位於南方的魔王都撒塔奈斯亞克飛翔。

「那傢伙會回來嗎？」

「怎麼可能回得來。目前曾經深入銀腕的土地並成功回來的人，就只有我和馬納果達。」

路比岡德和德拉基亞索在馬勒布朗契與銀腕族領域的邊界（馬勒布朗契自己訂的），眺望南方的平原。

看向遠方平原的兩人，正站在從領域中收集材料建造起來的粗糙長城上。

在聽見那個叫撒旦的男人，是被派來征服或殲滅銀腕族時，頭目們都放聲大笑。

所有人都認為這是不可能的事情。

不過和嘴巴上說的話相反，只有路比岡德沒有笑。

單論戰鬥能力，那個叫撒旦的惡魔應該和路比岡德不相上下。

但那個惡魔曾經率領過那個奇妙的集團，這是不可忽視的事實。

路比岡德率領的集團，在當時曾和飛龍隊率領的魔王軍流浪惡魔隊有過一場激戰。

在那個戰場上最讓路比岡德驚訝的並非敵人的數量，而是種族的多樣性。

絕大部分的惡魔他都沒見過，而且即使奇襲成功，他們還是遭到出乎意料的反擊，路比岡德和卡尼查歐的集團都遭受嚴重損害。

在聽見那支軍隊的首領就是那個叫撒旦的男人時，路比岡德心想或許連銀腕族都會被撒旦拉進那支軍隊。

所以和借士兵給撒旦的德拉基亞索相比，路比岡德更期待撒旦可能會帶什麼好消息回來。

唯一讓他不滿的，就是派那個男人去銀腕族領地的人是馬納果達。

「何況他帶的手下還是你底下的那些廢物。說不定不帶人反而還比較好。」

「這、這麼說太過分了。那些人好歹也是我手下裡比較能幹的一群……」

即使同樣是頭目，這段對話怎麼看都像是大哥與小弟在聊天。

「唉，真要說起來，北方那些傢伙也還沒被消滅，現在就算派人對付鐵腕族，又有什麼意義……嗯？」

已經對漫長的戰鬥感到厭倦的路比岡德如此說道，此時他旁邊突然開了一個由黑暗構成的

洞口，馬納果達的心腹巴巴力提亞從洞裡走了出來。
「是你啊。你今天來有什麼事？」
「路比岡德先生，是召集。北方那些傢伙又攻過來了。」
「啊？明明離上一場戰役才沒過多久，他們又來找死啦？」
德拉基亞索表現出輕視敵人的態度，但路比岡德猛然看向銀腕族的領地。
「喂，德拉基。那傢伙該不會穿過銀腕族的領地，跑回北方了吧？」
「卡尼查歐和夸卡比娜有在監視，如果有類似的跡象，應該會通知我們！」
「哼，要是他們或他們的手下都被幹掉了，那還談什麼監視！之前有報告說看見了疑似路西菲爾的人影，或許北方的進軍……」
「不對，我才不是那種人！」
「唔喔喔喔喔喔喔？」
打斷路比岡德的，是從他巨大身軀的背後竄出來的撒旦本人。
「啊～可惡！糟透了！真是糟糕透頂！」
從撒旦背後現身的，是滿身燙傷、傷口和鮮血，就連身上的大衣都變得破破爛爛的路西菲爾。
「我說路比岡德先生，我好歹也是個講道義的人喔？既然已經和馬納果達約好，就算你們只派一群沒用的部下給我，我還是努力進到了非常深的地方。結果你們居然認為我逃跑並帶了敵人過來。真是太令我難過了。」

「你、你、你、你……？」

路比岡德一看見遍體鱗傷的撒旦背上的東西就慌了手腳，德拉基亞索也變得驚慌失措。

「呃～喂！那個毛茸茸的傢伙！這個給你！」

「咦……喔哇啊啊？」

路西菲爾突然將一個大型物體丟給德拉基亞索，後者無法承受那股重量，從長城邊緣掉落地面。

「那、那是？」

巴巴力提亞大吃一驚。

路西菲爾丟給德拉基亞索的，居然是銀腕族．織天使Ⅲ型毫髮無傷的屍體。

「我另外還搬了約十具回來，總之先拿去給馬納果達吧！啊～真是的！糟透了！全身都是油！這些傢伙的身體到底是怎麼回事！」

「都、都是油？」

雖然在巴巴力提亞所知的銀腕族當中，並沒有會操縱油的種類，但路西菲爾的皮大衣確實到處沾滿了散發異臭的黑色液體。

「路比岡德先生，這樣我的嫌疑應該洗清了吧。坦白講，我可是累到就算聽見自己的軍隊來了，也想先去休息的程度喔？」

「我、我知道了！是我不好！喂，德拉基！你要在那裡待到什麼時候！快點把銀腕族的屍體搬回里！」

「咦？我、我知道了！好、好重！喂，這也太大了吧，唔唔唔唔！」

「你真的很沒力氣耶，但我已經很累了，所以不會幫忙。啊～好想快點換個衣服睡覺！」

看著撒旦和路西菲爾怒吼頭目們的樣子，巴巴力提亞嚥了一下口水，驚訝得動彈不得。

這些人到底是怎麼回事，明明只過了短短的幾十天，他們居然已經有辦法殺掉馬勒布朗契傾盡全族之力戰鬥了五千年的對手。

與這些人為敵的馬勒布朗契族，或許犯下了非常可怕的錯誤？

「總、總而言之，大家先一起回里內一趟吧。撒旦，路西菲爾，我會確實向馬納果達大人報告你們的表現。我們的族人現在面臨了危機。路比岡德先生！」

「……我知道啦。喂，德拉基！動作快點！還有你要在我的肩膀上坐到什麼時候！」

「是是是。」

聽完頭目們的對話後，撒旦跳下路比岡德的肩膀。

他首先慶幸自己生還，然後試著想像先前的那場敗仗，對那些正從北方進攻馬勒布朗契領

域的人們產生了什麼樣的影響。

「時機很重要呢。」

既然無法通知他們自己還活著，如果卡米歐按照撒旦的吩咐行動，現在進攻的軍隊應該是由艾謝爾指揮。

「就來看看你有什麼本事吧……嘿咻。」

為了休息，撒旦鞭策自己已經累到極限的雙腳，跟著巴巴力提亞前進。

※

「明明被我們狠狠教訓了一頓，居然這麼快又過來了，呵呵呵。」

「馬納果達大人！這一點都不好笑！」

在馬納果達位於馬勒布朗契之里的住處，夸卡比娜激動地拍打石桌。

「雖然根據斥候的報告，他們的人數和進軍速度都比上次低，但還是不能大意。要是撒旦不小心刺激到銀腕族，那些傢伙也有可能從南方發動攻勢！若事情變成那樣您打算怎麼辦！」

「不怎麼辦。既然對手是北方的魔王軍，那只要用和上次一樣的戰法就沒問題了。他們好像不知道闇空隧道的魔法，就算知道也無法對抗。雖然這次應該無法像上次贏得那麼輕鬆，但

敵人的士兵數量已經確定比上次少了。我們沒理由會輸。等收拾完北邊後，再立刻處理南邊就好。」

「……雖然或許是這樣沒錯……」

「比起這個，巴巴力提亞的報告更讓我感到興奮！沒想到那個叫撒旦的男人，居然能取得毫髮無傷的屍體！到底要用什麼樣的戰鬥方法才能辦到這種事，我真想馬上進行研究！北方的那些餘黨也真是的，居然挑這種時候跑來鬧事！夸卡比娜小姐，快點集合大家，擊退北方的敵人吧！然後早點回來研究銀腕族！」

「……我知道了。不過為了以防萬一，請先將撒旦和路西菲爾送到寶物庫軟禁，以免他們趁亂逃脫。」

「沒問題。乾脆把他們和取得的屍體一起丟進去讓巴巴力提亞監視，並立刻展開研究吧！呵呵呵！」

雖然夸卡比娜對欣喜若狂的馬納果達感到一絲不安，但很難想像勢力變弱的魔王軍能在這麼短的期間內，研究出能有效對抗馬勒布朗契的戰術。

「叫所有頭目召集精兵。這次要徹底擊垮北方的那些雜兵，讓他們再也不敢打歪主意。」

然後夸卡比娜向集合好的頭目們傳達馬納果達的指示，頭目們也同意並按照指示行動。

「喂，我記得你叫巴巴力提亞？」

「什麼事。」

被帶到寶物庫軟禁的撒旦，向必須和敵人的前首領與奇怪的流浪惡魔待在一起的倒楣年輕人——巴巴力提亞搭話。

在這種緊急狀況下，馬納果達還是真的想檢查和研究撒旦帶回來的銀腕族。

「我想問你一件事，你們會在這次的戰鬥中改變戰法嗎？」

「誰知道。就算知道也不會告訴你們。」

「這麼說也有道理。不過就當作我多管閒事，我想給你一個忠告。」

撒旦抓起腳邊的全新熾天使Ⅲ型的屍體，像操縱人偶般晃了一下。

「要是你們以為魔王軍剩下的人都比不上我，你們一定會輸喔？」

「什麼……？」

就在這個瞬間。

撒旦手中的銀腕族的無機質頭部突然發光，照理說已經死亡的肉體，居然一面發出摩擦聲，一面開始動了起來。

「什麼……？」

就在巴巴力提亞為這出乎意料的狀況發出慘叫的瞬間——

「嘿！」

繞到背後的路西菲爾將手伸向巴巴力提亞的頭部，讓他失去意識。

撒旦抓著不停發出刺耳噪音扭動身體的銀腕族。

這就是巴巴力提亞在失去意識前最後看見的光景。

※

那是一副比以前還要異常的光景。

而這樣的光景居然能在這麼短的時間內成立，這讓艾謝爾在感到滿意的同時，也感到有些畏懼。

「真是的，你居然能想出這種東西。」

艾謝爾旁邊的亞多拉瑪雷克半是傻眼，半是佩服地說道。

「但不可思議的是聽久了看久了後，就會覺得這才是唯一的方法。」

亞多拉瑪雷克的眼神裡充滿期待，就像是個剛拿到新玩具的孩子，他輕輕浮到空中。

「那晚點見啦。希望那個暗黑洞穴，這次也會開在我的旁邊。」

亞多拉瑪雷克鬥志高昂地移動到艾謝爾指示的位置。

「艾謝爾大人。飛龍隊、帕哈洛和流浪惡魔組成的飛行部隊，都已經抵達預定位置。」

「不愧是魔鳥將軍的部下，居然能這麼快就完成如此廣大的部署。」

「因為我們是最習慣撒旦那些奇計的人。」

卡米歐這次也全副武裝地上戰場，老邁的身軀蘊含著熱烈的鬥志，看起來意氣軒昂。

「打頭陣的蒼角族剛才也傳來聯絡，說已經連『盡頭』都布好陣了。隨時可以進軍。」

「嗯。這個陣形唯一且最大的弱點，就是不容易撤退。要是這次輸了，恐怕就無法東山再起。叫大家一定要小心謹慎。這裡就是霸道的分水嶺。」

「遵命。那麼晚點見。」

說完後，卡米歐振翅飛向天空。

「艾謝爾大人。」

「什麼事？」

「在下真心感謝您願意繼承撒旦的遺志。」

留下這句話後，卡米歐的身影就消失在天空的另一端。

「……」

艾謝爾看著卡米歐的背影隱沒在上空的雲朵中，自嘲地低喃道：

「我並沒有繼承，只是一切都已經被準備好了。」

這是現在的艾謝爾最真誠的想法。

「……那麼。」

艾謝爾調整了一下呼吸，環視自己的左右。

將最低限度的戰力留在岩寨後，幾乎所有剩下的魔王軍將兵們，都被聚集到這裡布陣。

不過這個陣形和上次有個決定性的不同。

那就是以艾謝爾的所在地為中心，兩側的隊伍都長達五公里，擺出人口密度低到異常的陣形。

受到地平線的阻礙，從艾謝爾的位置甚至看不見兩側隊伍的末端。

既然一般的密集陣形只要被敵人攻進中央就會陷入亂戰，那分散開來就行了。

每位戰士在陣形內都有一塊廣達五平方公尺的專有面積。

因為整個魔王軍都是如此，所以戰士們分散開來的樣子，就像是在廣大的荒地植樹造林一般，一眼望去能看見的惡魔數量非常稀疏。

不過陣形全體占據的面積異常廣大。

既然戰士與戰士之間離得這麼遠，就算敵軍透過闇空隧道的魔法突然出現在隊伍內，也能將我方的損害降到最低，只要周圍的人迅速集合起來包圍隧道，就不會陷入亂戰。

由於馬勒布朗契個體的實力並不強，因此艾謝爾認為只要不演變成亂戰，就算特定地點的人數陷入劣勢也足以一戰。

因為馬勒布朗契的領域是視野良好的廣大平原，已經大致鎮壓完北方的魔王軍也不必擔心馬勒布朗契以外的敵人，再加上各式各樣的惡魔們平常都沒疏於鍛鍊，所以才能實現這種脫離常軌的超廣域進軍。

此外即使當事人沒有自覺，但不需要靠進食維持生命的惡魔在建立後勤路線時不必考慮糧食這點，也是個很大的因素。

當然在闇空隧道出口附近的戰士們，很可能會在敵人的第一波攻勢中犧牲，但為了盡可能減少犧牲，艾謝爾讓能在空中展開的飛龍隊，和以帕哈洛·戴尼諾為中心的擅長飛翔術的惡魔們組成第二陣。

只要從空中監視自己的陣營，就不會漏看闇空隧道開啟的瞬間，他們也進行了能將敵人出現的位置精確傳達給地面部隊的訓練。

只要讓三名會飛的惡魔圍繞著一隻飛龍飛翔，就能同時對應來自地面與空中的奇襲。

當然即使能對應闇空隧道，馬勒布朗契也還有一個叫幻覺魔法的強大武器。

不過艾謝爾認為這完全不成問題。

馬勒布朗契的個體戰力不強。

艾謝爾已經告訴所有人，如果敵人想送大量具備實體的士兵進來，就一定得靠闇空隧道，所以其他突然大量出現的馬勒布朗契，可以直接當成幻影處理。

幻影終究是幻影。

其特質在於使敵人陷入混亂，只要明白這點，就不成大礙。

只要出現某種從來沒見過的強大存在，就全都是幻影。

在檢討過上次的敗北，觀察過上次的戰場後，艾謝爾有信心自己已經擬定了接近完美的對策。

「……」

即使如此，還是有可能遺漏了什麼。

敵人或許還藏了什麼王牌。

艾謝爾在率領這支軍隊後，才首次產生這種感情。

那就是「不安」。

在被撒旦的軍隊擊敗之前，艾謝爾也曾「感覺到危險」，但所謂的「不安」，是對未來可能降臨的不幸產生的模糊預感，他一直以來都和這種感情無緣。

敗北就是死亡。

或許在經歷過那場顛覆了魔界長年常識的大會戰後，艾謝爾就已經產生了根本性的變化。

不論勝敗，他考慮的都只有如何減少我方的犧牲。

在這幾十天指揮魔王軍的過程中，不論艾謝爾是否願意，他都已經深刻體會到只要像這樣思考，就能引領自己找到更好的獲勝方法。

過去率領鐵蠍族戰鬥時，就算派部下去送死，他也覺得不痛不癢。

不過現在不只鐵蠍族，他的底下還有以蒼角族和帕哈洛．戴尼諾族為中心，充滿了各種可能性的人們，只要別讓那些人死，就能思考他們下次能派上什麼用場。

如果只率領自己的部族，因為所有人的能力都相同，所以絕對不會去思考這種事情。

「那個男人……從一開始就一直抱持著這種想法活著嗎？」

艾謝爾輕聲低喃。

過不久，開始進軍的時刻到了。

像這種時候，撒旦會怎麼做呢？

為了鼓舞大家，他應該會用輕浮的口吻與笑容講句激勵人心的話吧。

「……我到底在想什麼。」

想到這裡，艾謝爾苦笑地搖了搖頭。

自己不是撒旦。

只是個借用他培育的土壤的惡魔。

既然如此，就只能用自己的方法來統率眾人。

信號早就訂好了。

再來就只剩進軍而已。

艾謝爾靜靜舉起右手。

上空的飛龍隊惡魔見狀，便使出能發出巨響的風魔法。

在一旁飛行的飛龍隊聽見後，又再傳給隔壁的隊伍。

空氣炸裂的聲音接連響起，曾為魔王軍帶來屈辱的大河北岸，充滿了進軍的信號聲。

由蒼角族帶頭的超廣域陣形，開始朝平原前進。

等大軍花了比之前長五倍的時間抵達大河河畔時——

「冰魔法！發動！」

亞多拉瑪雷克一聲號令，在氾濫的大河岸邊排了長達十公里隊伍的蒼角族，便一齊用自己的武器敲打水面。

與此同時，大河的上空也因為急遽的氣溫變化颳起暴風。

蒼角族擅長的冰魔法以遠遠凌駕上次的規模凍結大河，封住水流，為大軍開了一條渡河用的道路。

因為建了一條遠比上次寬的冰橋，所以撤退時很可能無法破壞冰橋擺脫敵人的追擊，由此也能看出他們在這次的戰鬥中絕不撤退的決心。

「艾謝爾。」

將大河徹底凍結後，亞多拉瑪雷克以概念收發聯絡艾謝爾。

「最東邊和計畫的一樣。帕哈洛的地形圖真了不起。」

說完後，牛頭巨漢咧嘴一笑。

亞多拉瑪雷克被分配到大軍的最東邊，他的任務不只是凍結大河。

在被蒼角族最強的魔法凍結的河川上流，豎立了一道在空中劃出奇妙的弧線、足以遮蔽天空的巨大魔冰壁。

在亞多拉瑪雷克的魔冰壁對面，魔界最大河的河水發出巨響改變流向，溢向馬勒布朗契居住的領域。

第三章

「格拉非岡的闇空隧道被破壞了！」

夸卡比娜接連不斷地收到噩耗。

「西里亞特麾下的空戰團也接連被擊落……馬納果達大人！」

「哎呀。情勢感覺有點奇妙。路比岡德先生他們的狀況如何。」

「那、那個，路比岡德先生與一名族長等級的敵人正面衝突，根本沒餘裕指揮部下……」

「……哎呀……」

「咦？你說什麼？蒼角族……咦……馬、馬納果達大人！路比岡德的戰鬥對象，是蒼角族族長亞多拉瑪雷克！」

「……那看來已經無法期待路比岡德他們了。既然和以蠻力聞名的蒼角族正面衝突，就算不會輸，應該也贏不了……」

「那、那怎麼辦……啊嗚？」

正在聽底下的女戰士們報告戰況的夸卡比娜，因為被突然中斷的概念收發嚇到而按住頭。

「怎、怎麼可能……」

「這次又怎麼了。」

「……看來我底下的通訊團已經全滅了……這樣就無法掌握戰況……不過我方明顯陷於劣勢。至少可以確定敵人和上次不同，完全沒有動搖。」

「……那真是不得了。」

儘管語氣跟平常沒什麼兩樣，但馬納果達的臉完全沒在笑。

雖然這也讓夸卡比娜感到害怕，但就算針對戰況報告說謊也沒意義。

「我、我也出戰吧！如果只交給部下，恐怕無法阻止敵人！」

「……說得也是。路比岡德和西里亞特這兩名武人已經完全被壓制，格拉非岡的部下被包圍孤立。無法期待利比科古發揮像路比岡德那樣的表現，卡尼查歐和德拉基亞索更是完全不能期待。」

「那、那麼……」

「等一下，夸卡比娜小姐。請您留在這裡。」

「咦？可是……」

「別忘了撒旦和路西菲爾都還留在里內。為了以防萬一，我已經對巴巴力提亞和我的部下斯加勒繆內與法爾法雷洛下了許多指示。請您負責帶頭指揮他們。」

「遵、遵命！」

夸卡比娜不僅是頭目之一，也是馬納果達親信的左右手，在對她的回答表示滿意的同時，馬納果達翻動破爛斗篷，稍微舒展了一下筋骨後說道：
「那麼就讓我來見識一下，敵人究竟是用什麼手段將我們逼到如此地步。」
說完這段話後，馬納果達的身影馬上就被吸入闇空隧道，消失無蹤。
就在目送他離開的夸卡比娜鞭策動搖的頭腦，打算轉身去聯絡馬納果達的年輕部下時。
「喔喔，看來我們這邊好像贏了。」
「別說我們啦。我又還沒說要回去。」
「你、你們是？」
雖然不曉得到底是從什麼時候出現在這裡。
不過理應被關在寶物庫內的撒旦和路西菲爾，就站在夸卡比娜的背後。
而且他們一定有看見馬納果達離開的場面。
儘管不曉得他們到底聽見了多少，但唯一能確定的，就是現在只靠自己一個人絕對無法打倒撒旦和路西菲爾。
證據就是不知為何，撒旦正將昏倒的巴巴力提亞扛在肩膀上。
在馬納果達的部下中，實力最受注目的就是巴巴力提亞，如果只看魔力，他甚至還贏過身為頭目的德拉基亞索和卡尼查歐。
既然連巴巴力提亞都被打暈了，那夸卡比娜就算抱著同歸於盡的覺悟挑戰他們，也只會反被打倒。

就在夸卡比娜站在原地不知所措時——

「話說妳是叫夸卡比娜吧。可以稍微打擾一下嗎？」

「什、什麼事！」

「我想問妳這座里還剩下多少人能戰鬥？」

「你、你該不會想趁馬納果達大人不在時攻擊這裡吧。」

「如果妳這麼希望，我也可以照辦，但可惜我沒這個打算。我是為了這個。」

「呀啊啊啊啊啊啊啊啊啊啊啊啊？」

一看見路西菲爾隨手扔過來的東西，夸卡比娜就發出丟臉的慘叫聲坐倒在地。

那是銀腕族戰士的屍體。

不過被路西菲爾拎著脖子的屍體，不管怎麼看都是按照自己的意志在動。

雖然夸卡比娜也是頭目之一，但實力不足以和銀腕族戰鬥，因為她過去有好幾次都差點被銀腕族殺掉，所以會動的銀腕族只會為她帶來恐懼。

「那、那、那、那不是被你們殺掉的銀腕族的屍體嗎！為、為什麼他還會動！難、難不成撒旦，你用了收服流浪惡魔的奇妙伎倆把銀腕族……！」

雖然夸卡比娜拚命用混亂的腦袋整理眼前的狀況，但撒旦一臉困擾地搖頭：

「不對，不是這樣。這些傢伙根本就不吃那套。還有妳可以放心。這傢伙已經失去了戰鬥能力。只是我們還沒讓他完全斷氣，就不小心把他帶回來了。他直到剛才為止，都還沒有意識。」

「那、那、那又怎麼樣！」

「呃，雖然我絕對沒有惡意……」

「這傢伙剛才呼救了。」

「…………什麼？呼救？」

聽不懂路西菲爾在說什麼的夸卡比娜露出困惑的表情，但在聽見他的下一句話後，整個人就僵住了。

「嗯。呼叫同伴救援。大概再過不久，就會有一群這傢伙的同伴從南方過來這裡。」

「……咦？」

銀腕族，將從南方攻過來？

夸卡比娜瞬間變得臉色蒼白。

「雖然我和路西菲爾透過聯手使出不同的電擊魔法打倒了這些傢伙，但似乎就只有這傢伙還留了一口氣。」

現在里內只剩下夸卡比娜一個頭目。

雖然包含她在內還有一些待命的戰士在，但最大的兩個戰力馬納果達和路比岡德都上戰場了。

儘管撒旦和路西菲爾打倒了十名鐵腕族並帶著他們的屍體回來，但反過來講，也能說兩人就算使出全力，也只能打倒這些銀腕族。

「可、可是既然知道他在呼救，為什麼不阻止他！」

「因為就算阻止了也沒意義。救援信號……應該說概念收發已經傳到他們的根據地。就算現在阻止，也只會犧牲他一個人，無法阻止其他人過來這裡。」

「那、那至少先把這隻給殺掉！」

「就是因為想判斷該不該這麼做，我才會問妳還剩下多少人能戰鬥。」

撒旦困擾地接著問道。

「妳也是頭目吧？如果有成百或成千的銀腕族攻過來，你們有辦法戰鬥嗎？」

「別強人所難！成百或成千的銀腕族？你以為我們犧牲了多少同伴，才換回寶物庫裡的那些東西……」

「換句話說就是不可能應戰？」

「沒錯！不可能！雖然現在必須立刻拜託馬納果達大人和路比岡德先生回來，但要是這麼做，我們就會敗給你們的餘黨！最、最重要的是，銀腕族真的會攻過來嗎！我從來沒聽說過他

們會呼救……」

「我可以理解為什麼妳會想這麼說，但我現在無法立刻證明給妳看，而且遺憾的是，我說的都是真話，所以我才會來徵詢馬納果達的意見……要是從頭和這個叫巴巴力提亞的傢伙說明，時間會來不及。」

「怎、怎麼會……稍、稍等一下！我先和留在南方邊界的人進行確認……」

發現撒旦、路西菲爾和銀腕族都沒有打算立刻對自己動手後，稍微恢復冷靜的夸卡比娜總算起身打算走到外面——

「馬納果達大人！」

「啊嗚？」

「啊？夸、夸卡比娜大人！真是非常抱歉！」

不巧的是剛好有個年輕的馬勒布朗契衝進來，並撞倒了夸卡比娜。

「你、你在幹什麼，快點讓開！」

徹底被壓住的夸卡比娜邊喊邊試圖推開那名年輕人，但過於動搖的那人直接慌張地喊道：

「對、對不起……不、不對，現在不是說這個的時候！」

「到底怎麼了！」

「南、南方的平原，發現由進軍產生的沙塵！銀腕族攻過來了！」

「什……！」

夸卡比娜驚訝得說不出話來。

這時機實在是巧到讓她不禁懷疑這名衝進來的年輕人是不是和撒旦串通好了，但仔細一看，這名年輕人就是馬納果達剛才提到的法爾法雷洛。

馬納果達特地指名的男人，不可能這麼容易就被撒旦籠絡。

夸卡比娜踢開法爾法雷洛後，起身清了一下嗓子，說出令人絕望的事實。

「馬、馬納果達大人剛才已經前往北方的戰場。你說銀腕族攻過來了，有辦法確認數量嗎？」

「那、那個，最少也有三千名。」

法爾法雷洛的回答，將夸卡比娜推落絕望的深淵。

「而且還發現了許多鐵鳥的身影……不過我們無法再進行更詳細的確認。大家……都被殺掉了……」

「怎、怎麼辦……為什麼一口氣發生這麼多棘手的事情！」

夸卡比娜歇斯底里地喊道，但再怎麼喊都無法解決狀況。

「喂，夸卡比娜！不管妳怎麼喊，都無法解決問題喔！」

「閉嘴，撒旦！真要說起來，這還不都要怪你沒有給那個銀腕族最後一擊！」

「我知道！所以我會負起相對應的責任！」

「什麼？你少胡扯……」

也難怪夸卡比娜會這麼說。

因為替自己的失誤負責這句話在魔界根本就不能信，甚至到了連這句話為什麼能夠被人理解都顯得不可思議的程度。

何況撒旦還是馬勒布朗契的敵人。

他應該是最想看見馬勒布朗契和銀腕族兩敗俱傷的人。

但撒旦表情嚴肅地繼續說道：

「總之你們沒剩下多少戰士吧，那還有人會使用那個奇妙的移動招式嗎？」

「什麼？如果是指闇空隧道，那我和這位法爾法雷洛都會用，另外還有幾個人……」

「夠把這座里的所有馬勒布朗契都帶走嗎？」

「什麼，這座里的所有人嗎？」

這個突然的提案，讓夸卡比娜驚訝地睜大眼睛。

不只是戰士，連非戰鬥人員都要一起轉移嗎？

「這要試試看才知道……那個魔法能轉移的人數，會受到施術者力量的影響……」

「不試的話，你們會滅亡喔。快叫所有人集合。只要前進的路線上沒有馬勒布朗契，他們應該就不會破壞里。」

「什、什麼？你有辦法確定嗎？」

「因為銀腕族就是這種傢伙！他們不是惡魔，是只會殺害滿足特定條件的『生物』，擁有四肢的『道具』。破壞建築物或強硬改變地形都只是戰鬥行動的結果！」

「你、你說的話怎麼能信……」

「我從剛才到現在有對妳說過謊嗎！雖然信不信是妳的自由，但要是妳的部族因此毀滅，馬納果達可不會放過妳喔！」

「唔……」

「雖然從妳的角度來看，可能會覺得我在說蠢話，但我打算統一這個魔界！在這個目標當中，也包含你們馬勒布朗契！我絕對不會暗算你們，要是你們之後有什麼不滿，我會說服魔王軍要他們擇日再重新開戰！所以要是珍惜馬勒布朗契族，就快照我的話去做！」

撒旦誠懇地說服夸卡比娜，在後面聽的路西菲爾露出厭煩的表情。

「啊～又來了。又是不滿的話等事後再說這招。我可不管喔。」

「要是我想暗算你們，早就把這個叫巴巴力提亞的傢伙殺掉了！但我沒那麼做，要是這樣妳還不信，我就先走囉！」

「等、等一下，我知道了！我知道了啦……！」

因為腦袋跟不上快速變化的狀況，夸卡比娜稍微避開撒旦，做了個深呼吸好讓自己恢復冷靜。

「真是的……好幾百年沒遇過這麼忙的日子了……」

稍微嘟囔了一下後，她對一臉茫然的法爾法雷洛下令：

「命令會使用闇空隧道的人，準備協助族人逃亡！叫施術者與部下們盡可能到里中央的廣場集合。辦不到的人就去找離自己最近的施術者，先透過隧道逃出去！」

「可、可是就算叫我們逃跑，也不曉得該逃去哪裡……北方正在戰鬥，考慮到鐵鳥也在接近中，就算往東邊或西邊逃，遲早還是會被發現……」

「這、這樣啊。喂，撒旦，到底該怎麼辦才好……」

無法乾脆下判斷的夸卡比娜一轉向撒旦，後者就露出得意的笑容，後方的路西菲爾像是放棄般垂下肩膀。

「那還用說！」

然後撒旦筆直指向北方。

「當然是逃去魔王軍和馬勒布朗契交戰的戰場！」

「「什麼？」」

夸卡比娜和法爾法雷洛聞言驚訝地張大嘴巴，只有早就預測到會變成這樣的路西菲爾毫無反應。

撒旦拎起像瀕死的害蟲般難看地抖動四肢的熾天使Ⅲ型，開口說道：

「我們要掠過戰場的邊緣，讓北上的銀腕族把目標切換成有戰鬥能力的人。夸卡比娜，我會走有最多人通過的闇空隧道，帶領你們的非戰鬥人員。雖然是要送去戰場，但我不會讓里內的人去戰鬥。要是覺得不安，妳也可以一起來。賭上已經滅亡的族人們的名譽，我絕對不會讓魔王軍對他們出手。」

夸卡比娜猶豫了一下。

此時里內再次響起無數尖銳的金屬警報聲。

這是里的哨兵通報南方平原出現異常的信號。

事到如今，夸卡比娜總算下定決心。

「……別背叛我們啊。」

「這句話妳還是留著對這傢伙說吧。」

「我又沒有背叛過誰。」

互瞪了一會兒後，夸卡比娜毅然地帶著撒旦和路西菲爾走向里內的廣場。

※

「我就知道你會來。」

即使各處都響起怒吼聲，在稀疏的陣形中還是有塊靜到可怕的戰場，兩名人物在此互相對峙。

「哎呀，鐵蠍族的族長艾謝爾，敵人的首領居然親自出來迎接啊，呵呵呵。」

明明周圍燃起了戰火，雙方的首領——艾謝爾與馬納果達所在的地方，依然只能隱約聽見從遠處傳來的武器碰撞聲。

「你就是馬勒布朗契的族長嗎？」

「嚴格來說並不是，但就現況而言沒什麼太大的差別，所以就當作是這樣吧。雖然比不上您的威名，但我的名字是馬納果達。」

艾謝爾瞪向披著破爛斗篷的馬勒布朗契。

很強。

對方的體內，蘊含了連輕浮的氣氛和平凡的外表都無法完全隱藏的魔力。

「在之前的戰鬥中，將路西菲爾運到空中的人就是你嗎？」

「為什麼您會這麼認為？」

「我有觀察過你們所使用的那個奇妙的移動術。看來每一個暗黑洞穴，最多只能運送兩千人。」

「喔。」

「不過在那個叫路比岡德的男子出現時，他身邊只有為數不多的部下。如果你們真心想打倒我們，應該會讓他帶更多部下出現才對。畢竟直到現身之前，你們都無法確定將面對多少兵力。」

但路比岡德只帶著少數部下出現在戰場。

「這表示能運送的力量有限。想將像路西菲爾那樣擁有龐大魔力的傢伙從安全地帶送到空中，需要非常龐大的力量。我認為只有族長做得到這種事。而且明明那個暗黑洞穴一次能運送那麼多人，你卻獨自從裡面現身。」

「……呵呵呵。」

馬納果達沒有義務替對方解答。

所以他只有竊笑了一下。

「這次是我們贏了。你們的士兵出現在我們軍隊的空隙後，幾乎都束手無策地遭到我們圍剿。事到如今就算派稍微強一點的角色出來，也無法逆轉戰局。」

「哎呀，那就奇怪了。」
艾謝爾的話，讓馬納果達大感意外地笑道。
「那為什麼身為首領的您，要特地來找我呢？既然局勢不會改變，身為軍隊核心的您來到這麼前線的地方，只會增加敗給我的風險吧。」
「……」
艾謝爾能提出各種反駁。
例如能夠與族長等級對抗的人，就只有他、亞多拉瑪雷克和卡米歐。
不過亞多拉瑪雷克正在同時應付包含路比岡德在內的許多強悍的馬勒布朗契。
為了警戒援軍，卡米歐無法離開空中。
既然如此，那還是由艾謝爾應付敵人的族長最妥當，這樣也能減少無謂的犧牲。
但艾謝爾出現在這裡最主要的理由，就只有一個。
「為什麼呢？就連我自己也覺得不可思議。」
艾謝爾自嘲地笑道。
「我想模仿那個男人看看。」
「那個男人……？」
「我希望能像他那樣率領群眾，我判斷如果想理解他的想法與目標，就必須做和他一樣的

事情。等親眼見證完成這些事情後的景象時，我就能從那個男人的陰影解脫……馬勒布朗契的族長啊。」

艾謝爾靜靜說道。

「我要跟你一對一決鬥。如果我贏了，我就要收下你與整個馬勒布朗契族！」

「莫名其妙！」

面對艾謝爾大膽的宣言，馬納果達露出一臉邪惡的笑容。

「馬勒布朗契花費五千年創造出來的魔法歷史可是全都匯集在我身上，區區北方毒蟲，居然敢像這樣對我大放厥詞！」

「歷史悠久也不是只有好事。你難道不曉得依靠數量和沉溺計策，只會讓自己失去好不容易累積起來的歷史嗎？」

「我就刻意接受您這年輕武人膚淺的挑釁吧。您會後悔的，因為您原本能取得的勝利，將會因為與我對峙而消逝！」

艾謝爾的眼睛跟不上對方的速度。

「唔！」

他猛然轉過臉，迴避對方伸出的爪子——

「唔喔？」

原本應該是這樣，但馬納果達的爪子跨越了這段理應有幾十公分的距離。

艾謝爾確定自己有成功閃過。

但實際上馬納果達的爪子確實抵達艾謝爾的喉嚨。

足以貫穿以魔界最硬聞名的鐵蠍甲殼的衝擊，讓艾謝爾短暫停止呼吸。

「咿————哈哈哈哈哈哈哈哈！」

馬勒布朗契用四肢施展出變幻莫測的格鬥術，妨礙艾謝爾重整態勢。

「唔！喔喔？」

每一擊都又快又重，遠遠凌駕普通的馬勒布朗契。

雖然銳利的爪子本身還不足以劃破艾謝爾的皮膚，但是光靠那股衝擊就足以對其肉體造成傷害。

不對，若只是單純的打擊，艾謝爾應該不會覺得這麼沉重。

「你的爪子還真靈巧。」

「這樣也配稱做魔界最硬，真是笑死人了！根本完全比不上銀腕族！」

「……？」

雖然感覺聽見了陌生的名字，但繼續格鬥下去只會讓狀況持續惡化，於是艾謝爾做好挨打的覺悟停止防禦，正面承受對手一擊並趁勢用力往後跳。

以馬納果達的速度，當然不會這麼容易被擺脫——

「唔？」

但地面突然有無數石頭以超高速浮起，擋在馬納果達跳躍的路線上。

鐵蠍族擅長使用念動力，如果使用者是身為族長的艾謝爾，就算是浮在空中的小石子也足以擊碎蒼角族的角。

「呃！唔唔！」

艾謝爾瞄準馬納果達為了迴避整面石子而大動作移動的破綻，用念動力從倒在附近的馬勒布朗契們的屍體上拔除利爪，射向馬納果達。

作為族人特徵的利爪，本身同時也是武器。

即使在被打中後會造成遠比小石子嚴重的傷害，馬納果達仍刻意用身體承受。

「？」

但這只是表象。

艾謝爾也沒想到馬納果達會乖乖被利爪攻擊。

即使有命中的手感，馬納果達的身體也確實噴出鮮血，艾謝爾仍立刻看穿那是幻影。

與此同時，在親眼確認從背後感覺到的龐大魔力之前，艾謝爾就朝正上方跳躍，讓恐怖的炙熱火球從他的腳底掠過。

艾謝爾無暇確認施術者是從哪裡發射，等回過神時，馬納果達的幻影已經從四面八方包圍住他。

「真是靈巧，這些全都有實體呢。」

這些並非全都是本尊。

只是和剛才噴血的幻影一樣，是用魔力賦予質量的傀儡。

不過就像艾謝爾操縱的小石子能變成無堅不摧的無敵子彈一樣，馬納果達操縱的傀儡也能化為足以輕易殘殺普通惡魔的戰士。

『『『『就來看看您能撐多久吧？』』』』

幻影們一發出多重刺耳的聲響，多對利爪便從四面八方襲向艾謝爾。

雖然不曉得這當中是否包含真正的馬納果達，還是本尊正在其他地方準備使出其他招式，但如果只看速度，所有的幻影都不輸馬納果達的本體。

「唔……呃！」

所有實體幻影一同使用四根爪子攻擊，就算是艾謝爾也無法完全躲開。

沒多久戰場上便開始響起利爪打擊甲殼的聲音，艾謝爾看似無力反擊——

「……全部……都是假的。」

但他其實是用甲殼承受每個幻影一次攻擊，並確認每一道利爪的威力都遠遠不及一開始那

一擊。

就在這個瞬間，艾謝爾察覺有股巨大的魔力逼近自己，他任憑幻影繼續攻擊自己，朝魔力的方向伸出手掌——

「別用這麼容易看穿的花招！」

伴隨著這道怒吼，艾謝爾驚人的魔力從大地掀起大量塵土，形成一面巨大的土牆。

在土牆的防禦下，魔力構成的耀眼火焰只燒灼到空氣。

「嘰啊！」

在被下一擊打中之前，艾謝爾擊碎剛才造出的土牆，將剛才捲起的沙塵變化成包含魔力的土錐，瞬間葬送了周圍所有具備實體的幻影。

「哼！」

「喔喔喔！」

幻影消失的瞬間，重量與速度都和第一擊相同的兩根真正利爪在極近距離從艾謝爾的眼前揮下，艾謝爾毫不猶豫地用雙手抵擋。

「看來您的眼光相當冷靜！」

「在操縱那麼多實體幻影的同時還能放出那種火焰。真是了不起的魔力與魔法。」

利爪與手臂擦出火花，魔王軍的首領和馬勒布朗契的首領露出比剛才坦率一點的笑容互相對話。

「我愈來愈想要這股力量了！」

「我們的力量還沒軟弱到能被北方的毒蟲使用！」

伴隨著金屬互相敲擊的刺耳聲響，兩雄再度拉開距離。

「那我就讓你多捏幾把冷汗吧！」

「對付硬蟲就是要用火烤。讓我來流點健康的汗吧。」

艾謝爾與馬納果達的實力幾乎是不相上下。

力量與硬度是艾謝爾領先，魔法與速度是馬納果達略勝一籌。

這場戰鬥會拖得比想像中久。就在兩人同時這麼想時。

※

一隻黑色的鳥飛過魔界紅色的天空。

「……嗯？」

看見亞多拉瑪雷克停止使出神速的突刺，路比岡德吼道：

「怎麼啦！該不會是怕了吧！我還生龍活虎的喔！」

「路、路比岡德先生，我、我已經不行了……」

與嘴巴上說的相反，路比岡德已經遍體鱗傷，而倒在他旁邊的，是全身被魔冰之棘綁在地上動彈不得的德拉基亞索。

相較之下，亞多拉瑪雷克才是真的生龍活虎並幾乎毫髮無傷，但他停止舞槍時，已經沒在注意路比岡德。

「不是飛龍……那是棲息在南方的飛行魔蟲嗎？」

某種長有奇怪翅膀的物體飛過天空。

雖然完全感覺不到魔力，但亞多拉瑪雷克心裡的預感和豐富的戰鬥經驗警告他，那個飛行物體的動作並不普通。

他的預感，在飛行物體底下發出無數光芒時靈驗了。

「「喔喔喔？」」

「嘰耶耶耶耶？」

亞多拉瑪雷克和路比岡德異口同聲地發出驚呼，無法動彈的德拉基亞索只能發出慘叫。

無數火箭降臨大惡魔的戰場。

儘管帶著高熱的金屬子彈正以超高速掃射，但不知為何完全感覺不到魔力。

亞多拉瑪雷克和路比岡德都以從他們巨大的身軀難以想像的速度躲過一開始的掃射——

「呃啊啊啊啊啊啊！」

但被綁在地面的德拉基亞索直接被擊中，發出慘叫。

「德拉基！」

路比岡德大喊，但空中的飛行物體發出的火箭根本不允許路比岡德靠近德拉基亞索。

「那、那是什麼！到底是哪裡的惡魔發動的襲擊？」

亞多拉瑪雷克發現空中的飛行物體不斷增加。

他本來懷疑是馬勒布朗契又用了什麼奇妙的魔法，但那些飛行物體的腹部不斷朝地面發射火箭，不論是他還是他的部下，甚至連馬勒布朗契都被當成目標。

「唔！怎麼會這樣，這波攻擊到底是為了什麼目的……？」

用長槍彈開火箭後，亞多拉瑪雷克看穿那是以高度技術製成的子彈。

雖然外表因為高熱與發射和命中時的衝擊變形，但即使只看燒焦的金屬表面的光澤，也能判斷出其鍛造技術和魔王軍內的多魯多爾夫族有相同水準或更勝一籌。

「呀啊啊啊？」

即使陷入慌張，亞多拉瑪雷克仍一一分析現狀，此時他再次聽見德拉基亞索的慘叫。

仔細一看，德拉基亞索右肩到左腰的部位已經被火箭射穿，正全身噴血地發出慘叫。

「……我也變心軟了。」

亞多拉瑪雷克只以眼神瞪向德拉基亞索。

接著綁住他的魔冰之棘便立刻解除，於空中消散。

「你叫路比岡德吧！快點帶著那個男人逃跑！」

「什、什麼？」

路比岡德光是閃躲飛行物體的火箭就已經竭盡全力，仔細一看，他的周圍漂浮著高濃縮的魔力球。

從上空來看，一直被綁在地面無法動彈的德拉基亞索之所以還活著，似乎是因為路比岡德用某種方法吸引了飛行物體的火箭。

看來馬勒布朗契對那個飛行物體有一定程度的了解。

「雖然不曉得那些跑來插手的傢伙是誰，但這場勝負就先擱著吧！快帶那個男人和你的部下們撤退！先逃跑吧！事到如今，我們也不會追擊你們！」

「……」

但路比岡德只露出迷惘的表情，沒靠近德拉基亞索。

亞多拉瑪雷克本來以為是因為火箭的攻勢還太猛烈，結果卻聽到了出乎意料的回應。

「既然他們已經來到這裡，就表示無路可逃了！」

「什麼？唔喔？」

亞多拉瑪雷克才剛反問，眼前就發生了一場伴隨閃光的大爆炸。

這次一樣感覺不到魔力，但徹底被捲入爆炸的亞多拉瑪雷克的魔冰鎧甲表面難看地融化，露出來的體毛也著火了。

「唔喔唔唔！」

即使面臨出乎意料的嚴重損傷，亞多拉瑪雷克仍勉強將融化的鎧甲轉變成霧試圖滅火。

「德拉基，你還活著嗎！」

「唔、唔唔……路比……岡德先生，為什麼銀腕族會……」

「誰知道！雖然不知道……但里恐怕已經毀了！可惡！馬納果達那傢伙到底在幹什麼！」

德拉基亞索喊出一個陌生的部族名稱。

從剛才的對話來看，除了魔王軍以外，馬勒布朗契似乎還有和另一個巨大勢力為敵，而空中愈來愈多的飛行物體，就是隸屬於那個勢力。

「哼……雖然不曉得他們是誰，但居然敢妨礙這場讓人熱血沸騰的決戰。」

亞多拉瑪雷克總算習慣飛行物體的火箭，邊閃躲邊生氣地說道。

「那個奇妙的飛行物體應該不是只有來這裡吧。」

在這個過於廣大的戰場，很難確認其他地方的情況，但至少可以確定如果繼續在這裡磨蹭下去，可能會影響到好不容易獲得優勢的戰局。

亞多拉瑪雷克迅速做出判斷。

「你叫德拉基對吧！先稍微忍耐一下！」

亞多拉瑪雷克跳到躺在地面動彈不得的德拉基亞索旁邊。

然後像是要將他護在背後般昂然挺立，面向天空。

「臭牛！你想幹什麼……」

路比岡德本來以為亞多拉瑪雷克是要給受傷的德拉基亞索最後一擊，但亞多拉瑪雷克已經沒在看向天空。

「你就繼續像現在這樣盡可能引開火箭！唔嗯嗯嗯嗯喔喔！」

亞多拉瑪雷克將長槍插在地上，解放全身的魔力。

然後不曉得發生了什麼事，原本乾燥的馬勒布朗契的平原，突然像是要包圍住亞多拉瑪雷克和德拉基亞索般，從地面噴出大量的水。

「什麼？」

那是魔王軍渡河時，被亞多拉瑪雷克於東側改變流向的大河水流的其中一部分。

他們本來是想透過改變大河流向將水引到戰場上，營造對蒼角族有利的戰況，結果亞多拉瑪雷克居然將這項布局用在突然飛來的第三勢力身上。

噴出的水聚集在亞多拉瑪雷克的槍上，在與魔力相呼應後瞬間凍結。

「我要讓你們這些有翅膀的傢伙知道，天空並非專屬於你們的舞臺！喔喔喔喔喔喔喔喔喔！」

亞多拉瑪雷克將凍結了大河水流的長槍投向空中。

從蒼角族族長強健的手中扔出的長槍拖著宛如冰晶般的尾端，直線飛向空中並輕易貫穿飛行物體的身體。

不過事情並沒有這樣就結束。

被貫穿的飛行物體瞬間凍結。

由於大河的冰與空氣中的水分一口氣被凍結，最早出現的飛行物體也跟著停止活動，然後冰棘便以其為中心急速擴張，襲向其他在空中飛翔的飛行物體。

冰棘的尖端就像有長眼睛般，不斷追擊在亞多拉瑪雷克等人上空飛翔的飛行物體，只花幾秒鐘就將他們全部抓住。

「這手感真怪……感覺不像是生物的肉。」

用魔力線將投出去的長槍與自己手臂連結在一起的亞多拉瑪雷克，支撐著在空中延伸的巨大冰蜘蛛網，在滿意點頭的同時也不忘吐出疑問。

那道彷彿正撐著一把巨傘的身影，讓路比岡德整個人都看呆了。

「嗯，不過看來只能爭取一點時間。路比岡德，快點治療這個男的！」

「喔、喔……」

直到被人呼喚才回過神的路比岡德，雖然還是對撐著長及天空的冰傘的亞多拉瑪雷克有些警戒，但仍趕去已經奄奄一息的德拉基亞索身邊，觀察他的狀況。

「路、路比、岡德，先生……」

「振作點，德拉基！你不是只有身體健壯這個優點嗎！」

「是啊，遭受那麼猛烈的攻擊居然還活著，真是了不起。」

背對兩人的亞多拉瑪雷克，像是贊同路比岡德的話般如此說道。

「那些傢伙到底是什麼？」

「……他們叫銀腕族……從很久以前就在我們領域的南邊和我們戰鬥。」

「馬勒布朗契的南邊……撒塔奈斯亞克嗎？」

亞多拉瑪雷克輕聲唸出過去被撒旦當成目標的古代都市之名。

「不愧是傳說中的古代大魔王的土地。至今仍充滿了連我都不曉得的神祕。」

「……你真厲害。居然能一口氣幹掉那麼多隻鐵鳥。所以你剛才只是在戲弄我們嗎？」

在看過亞多拉瑪雷克的力量和足以遮蓋這片天空的冰魔法後，路比岡德確信對方的實力遠比自己高出不少。

然而他剛才卻誤以為如果是格鬥戰，自己就能與蒼角族的族長戰得難分難捨。

不過亞多拉瑪雷克生氣地哼了一聲。

「如果你問我有沒有手下留情，那我的答案是沒有。我是用全力在與你戰鬥。」

「少騙人了。要是你放出這些冰，我和德拉基早就死了。」

持續在發牢騷的路比岡德，已經失去了戰意。

既然銀腕族攻到了這裡，就表示里已經淪陷。

剩餘的部下不可能戰勝銀腕族，面對眼前這股壓倒性的力量，自己也不可能活得下來。

但亞多拉瑪雷克告誡般的說道：

「我是將領，率領部下的將領。既然如此，就不能總是像燃燒生命般全力戰鬥。」

「……將領？」

「我的全力和你的全力不同，你是以戰士的身分，我是以將領的身分在戰鬥。如果我一開始就對你使出這個極大的魔冰傘，或許一瞬間就能分出勝負，但如你所見，這是個大規模的招式，難保不會被你行動快速的利爪妨礙，此外就算打倒了你，也難保我不會在耗盡力量後被後備的士兵擊敗。所以我在和你戰鬥時，已經使出了在那個狀況下能使出的全力。你很強。強到讓我擔心可能會無法為後續的戰鬥保留力量。」

「……哼，雖然聽起來像是在稱讚我，但到頭來你還是遠比我厲害嘛。」

「這是當然。我可是繼承了蒼角神祖之槍的偉大族長。」

亞多拉瑪雷克得意地用鼻子噴了口氣，路比岡德也跟著露出笑容。

「反正無論如何，我都已經不打算和你戰鬥了。既然銀腕族擁有這麼強的力量，我也得去確認部下的損害狀況。這場勝負就先暫時保留，這樣可以吧。」

「……保留……嗎，你們真的是群奇怪的傢伙。」

即使展現了壓倒性的力量，仍願意留敵人一命。

這實在是太過奇妙了。

「我們最近也慢慢習慣當個怪人了。」

亞多拉瑪雷克笑道。

「再見了，紅色巨人。改天再讓你的利爪與我的長槍一戰吧。」

說完後，亞多拉瑪雷克真的就這樣丟下路比岡德和德拉基亞索，飛去其他地方。

「……怪人的部下，果然也是怪人呢。」

驚訝地看著沒有翅膀的巨大身軀浮上天空後，路比岡德總算注意到於腳邊呻吟的德拉基亞索，並慌張地替他進行治療，但在這段期間，他仍一直看著亞多拉瑪雷克離開的方向。

神祕飛行物體射出的火箭威力雖然不足以貫穿艾謝爾的甲殼，但一般的惡魔要是被打到要害，就算當場喪命也不奇怪。

「這到底是怎麼回事！」

然而對艾謝爾來說，上空的飛行物體並不構成問題。

艾謝爾正被好幾道綠色熱線攻擊，而且那些熱線輕易就能貫穿連馬納果達的灼熱閃光都能擋住的土牆。

威力不輸路西菲爾的紫光熱線的攻擊輕易燒毀艾謝爾的甲殼，讓他想起遺忘已久的劇痛。

數量多到能蓋過地平線、擁有奇特外表的細瘦惡魔排山倒海而來，熱線似乎是從那些惡魔的雙手發射出來。

艾謝爾一開始還擔心那是馬勒布朗契繼闇空隧道之後另外隱藏的王牌，但在看見眼前的馬納果達被熱線貫穿後就否定了這個想法。

「呵呵呵，這還真是不得了。到底發生了什麼事情……」

破爛斗篷的中心開了個洞，另一側的皮膚因為燒傷而黏在一起。

馬納果達應該正承受超乎想像的劇痛，但這位族長仍瞪著從地平線朝這裡逼近的神祕軍團，看起來絲毫沒受影響。

「銀腕族至今從未跨越領域的界線，這到底是為什麼……」

「銀腕族？」

「我等馬勒布朗契的宿敵。擁有最強甲殼並稱霸南方的部族。艾謝爾，就連你們鐵蠍族，都比不上他們的硬度。」

「馬勒布朗契的南方……撒塔奈斯亞克的居民嗎！」

「哼，撒塔奈斯亞克是只剩下口語相傳的虛幻存在。那裡就只有銀腕族肆虐的可怕平原而已……喔喔喔喔！」

馬納果達一次做出十個實體幻影，他已經完全不顧艾謝爾，筆直衝向正朝這裡逼近的銀腕族集團。

並排奔跑的十一個馬納果達或跑、或飛、或跳，或是回轉，玩弄著銀腕族的熱線。

每一道身影都像是擁有獨立的意志，讓艾謝爾驚愕不已。

不只如此，就連幻影放出的魔法都是真的。

「你們這些傢伙！對我們的里做了什麼啊啊啊啊！」

馬納果達放聲大喊，但沒有敵人回答。

只是當綠色熱線與灼熱再次交會時，獲勝的是——

「唔呃？」

熱線。

「馬納果達！」

敵人的數量實在是太多了。

馬納果達的灼熱魔法，確實破壞了幾隻銀腕族。

但遠比那些數量還要多的熱線，也一齊射向了他。

「咳……」

就算是馬納果達，在被數條熱線貫穿後也無法繼續戰鬥下去。

雖然他還活著這件事已經夠讓人佩服，但銀腕族的力量並不只有從雙手發射出來的熱線。

「這、這是！」

不知不覺間被敵人遠遠包圍的艾謝爾和馬納果達，已經被關在一個堪稱熱線結界的綠色光牢裡。

「可惡！」

艾謝爾對光牢施展念動力試圖扭斷它，但不知為何，別說是支配綠光了，就連操控都沒辦法。

即使想攻擊施術者，念動砲彈也會在命中施術者之前就被從其他地方射來的綠光擊落，就算艾謝爾用自己不擅長的火或冰魔法擊中他們，頂多也只能稍微拖延一下他們的行動，無法殺

死他們。

艾謝爾轉為嘗試破壞光牢，但用念動力射出的岩塊一碰到光牢就裂成兩半。

「這、這到底是……？」

「呵、呵呵呵，這下不妙了……雖然不知道為什麼……但他們似乎打算將你們連同我們一起消滅。」

「什麼？這些傢伙到底是什麼！」

「這我比您還想知道。早在名為馬勒布朗契的種族誕生之前，我們就一直在與這些傢伙戰鬥，連被攻擊的理由都不知道，為了生存，我們犧牲了許多戰士，才從他們手中保護了我們的里……」

在兩人談話的期間，綠光的包圍也持續逼近。

光是一條光線，就足以輕易貫穿艾謝爾的甲殼。

一旦被光網包圍，被輕易分屍就只是時間的問題。

「呵呵呵，該不會那個男人用了什麼超乎我們想像的恐怖力量，拉攏了銀腕族吧……我……看錯他了嗎？居然……蒙蔽了我的雙眼，可惡的撒旦……」

「……什麼？」

因為在馬納果達的自言自語中聽見了不能忽視的名字，艾謝爾猛然抬起頭。

就連這段期間，光牢也為了粉碎兩名大惡魔的性命持續縮小包圍。

「馬納果達，你剛才……」

「……你們的首領，撒旦還活著。」

「……唔？」

艾謝爾倒抽了一口氣。

「我對你們的軍隊產生了興趣，所以請他幫忙擬定對付銀腕族的策略……呵呵呵，看來是我失算了。那個男人獲得了魔界最強的銀腕族，毀滅了馬勒布朗契之里，他應該是打算將現場所有會妨礙他的惡魔全部趕盡殺絕吧……呵呵呵。要是沒抱持無聊的好奇心，在那時候就殺了他……」

像是在肯定馬納果達的話般，無數綠光在光牢外閃動，而且每次閃動都會使大量惡魔的生命消逝。

艾謝爾仰望天空，發現飛龍隊、帕哈洛．戴尼諾族和馬勒布朗契族正被黑色的飛行物體追趕，並一個接一個地被擊落。

「你將撒旦送去銀腕族的領域了嗎？」

「雖然是抱著失敗也無所謂的心情。」

明明正面臨絕望的狀況，艾謝爾的心情卻突然平靜下來。

撒旦還活著。

那個撒旦可能踏入了銀腕族的土地，並和那些奇妙的傢伙接觸過。

艾謝爾因此想到了一個可能性。

「原來是這樣啊，呵呵呵。」

「……怎麼了。臨死之前才突然發瘋嗎？」

艾謝爾看著朝自己逼近的光牢，露出早就忘記上次是什麼時候做出的表情。

「那個男人不會思考殲滅敵人這種無聊的事情，他是個連路邊的小石子都會撿起來，然後花一個晚上思考能不能當成戰力的傢伙。如果他和這個狀況有關，就不可能放任我們和你們被殺害。」

「為什麼您能夠說得這麼肯定？我聽路西菲爾先生說那個男人的目的是統一魔界喔。」

「那還用說嗎？」

艾謝爾表情平靜地說道。

「因為我們相信他是那樣的人。」

自己或許會死在這裡。

不過寬廣的陣形發揮了功效，軍隊整體的損害應該不大。

艾謝爾不認為撒旦會捨棄那些倖存的人。

「……真是一群怪人。」

艾謝爾那不像惡魔的平穩表情，讓馬納果達驚訝地癱倒在地。

「不過看起來是不會發生奇蹟了。」

「無論你還是我，一直以來應該都沒在依靠那種東西吧。」

「……呵呵呵，您說得沒錯。」

光牢終於縮小到觸手可及的距離。

「不過……」

此時艾謝爾衝向馬納果達，像是要保護那道嬌小的身軀般抱住他。

「您、您幹什麼……？」

「我已經親眼目睹過好幾次奇蹟了。」

兩人周圍突然產生無數爆炸。

儘管兩人被高溫波及，但光牢也突然消失。

情況急轉直下。

空中出現多達幾十幾百顆的紫色光球，然後一起旋轉衝向天空，將在上空追擊飛龍的飛行物體接連擊落。

「這、這是……」

「是你所說的奇蹟。」

一條黑暗隧道出現在面帶笑容的艾謝爾後方。

然後從那個暗黑洞穴裡——

「我們來得太晚了！妳的魔法也太慢了吧！」

「這要怪你的魔力太重了！明明是依靠別人的魔法過來，居然還有臉說這種話！」

奇蹟化為實體，吵鬧地跳了出來。

「喔，艾謝爾！」

「馬納果達大人，您沒事吧！」

「……你來得還真是從容啊。」

「夸、夸卡比娜小姐，這到底是怎麼回事……？」

從洞穴中現身的，是撒旦和夸卡比娜，以及留在里內的馬勒布朗契的戰士們。

「要抱怨去找這個女人。我明明把魔力壓縮到極限了，她還一直吵著說太重。」

「囉唆！快點下指示啦！銀腕族已經來到那裡的山丘上了！」

在激動的夸卡比娜指示的方向，有著剛才將艾謝爾與馬納果達逼入絕境的銀腕族分隊。

「……很好，因為隊伍在戰場上分散得很開，所以每個區域的人都不多！夸卡比娜，等我放出信號，就照之前說好的去做！」

「別命令我！」

在艾謝爾和馬納果達面前，撒旦和馬勒布朗契的女頭目快速地分工合作。

遍體鱗傷的撒旦用魔法製造霧氣，這在蒼角族的魔冰魔法中並不算什麼特別的招式。

和一般情況不同的是，撒旦是讓霧滯留在某個區塊，造出好幾團像雲的霧。

「很好，就是現在！」

夸卡比娜按照撒旦的信號發動魔法。

不過即使提升了魔力，艾謝爾也只看見夸卡比娜的掌中揚起了些許細微的塵埃。

那些細微的物體，接連飄進撒旦做的冰霧中。

「唔喔！好重！」

接著支撐冰霧的撒旦不知為何驚訝地大喊。

「即使外表看起來不大，依然全都是有實體的幻影，所以當然會對魔力造成負荷。這樣稍微了解我剛才有多辛苦了吧。」

「是是是，真抱歉啊！上吧！有實體的誘餌！」

撒旦將那些誘餌，扔向與逼近的銀腕族隔了一段距離的地方。

無數雲朵被接連扔到距離地面約二十公尺的地方，在下一個瞬間——

「看招！」

撒旦一拍手，所有雲朵就當場碎裂，爆發般的在空氣中擴散。

「哎呀，真是不得了。」

情況馬上就產生了變化。

原本筆直逼近這裡的銀腕族一碰到冰霧，立刻就停在原地。

然後開始混亂地各自朝不同的方向發射熱線。

「……您到底用了什麼魔法？」

「如你所見。我將冰霧與你們頭目的得意招式合在一起了。除此之外就沒做什麼困難的事情。」

撒旦得意地說明，但馬納果達仍無法接受，而夸卡比娜明明也有一起施展魔法，卻仍為這出乎意料的效果驚訝地瞪大眼睛。

將許多極小尺寸的實體分身摻在冰霧裡散播出去後，銀腕族不知為何就變得無法好好瞄準，這當中的原因實在令人想不透。

不過撒旦像是早就預料到這個效果般滿意地點頭，向在場的所有人宣告：

「好了，就像你們剛才看見的那樣！夸卡比娜的部下和能使用冰魔法的傢伙們組隊，在戰場上散開！變成那樣後，他們就會暫時陷入混亂，變得動彈不得。大家小心流彈，謹慎地狩獵他們！」

與撒旦的號令一起現身的馬勒布朗契們，三五成群地在戰場上散開。

現場只剩下撒旦、夸卡比娜、艾謝爾和馬納果達。

「話說艾謝爾，這真是優秀的判斷。為了避免被闇空隧道突襲而將軍隊盡可能散開啊，你還滿能幹的嘛。拜此之賜，銀腕族也無法對我們造成太大的損害。」

「……」

艾謝爾沒有回應撒旦，只露出諷刺的笑容，將抱在懷裡的馬納果達扔給夸卡比娜。

「你們的族長挨了那些傢伙很多道光線。帶他去安全的地方治療吧。」

「啊，咦，馬、馬納果達大人？那、那個，這是……」

「……照他說的做吧，夸卡比娜小姐。」

鼎鼎大名的鐵蠍族族長艾謝爾，居然說要放馬納果達一條生路，這讓夸卡比娜驚訝不已。

「……遵命。」

自己的常識已經不適用這個戰場。夸卡比娜放棄思考，坦率遵從首席頭目的命令。

就在此時——

「喂！我要抱著這個到什麼時候！」

從在附近展開的闇空隧道哭著跳出來的是巴巴力提亞，他正抱著算是這個狀況元凶的瀕死鐵腕族。

「啊，抱歉，交給我吧。」

「我、我差點被嚇死！拿去！」

撒旦一舉起手，巴巴力提亞就將瀕死的銀腕族扔給撒旦。

「話說里內的人沒事吧？」

「啊？喔，多虧河流的流向改變讓地形產生變化，大家好像都逃到河的另一邊了。雖然有幾個人被鐵鳥打倒，但在地面行動的傢伙無法過河，所以大部分的人都沒事。」

「……」

艾謝爾瞇起眼睛看向被撒旦拎在手上的鐵腕族，即使四肢不斷痙攣，那名鐵腕族的頭部仍以奇妙的方式發光。

看來那名鐵腕族擁有和剛才包圍艾謝爾與馬納果達的傢伙們相同的外表。

不過他頭部閃爍的光芒，應該是有什麼意義。

在試著想像並做出某個推論後，艾謝爾忍不住看向撒旦的側臉。

「嗯？怎麼了？」

「……沒事。」

不過要是將那個推論說出口，或許會招致馬納果達和夸卡比娜的反感。

「……雖然解決了這種在地面行動的傢伙，但空中怎麼辦？以那個奇妙飛行物體的速度，輕易就能穿透那些霧吧。」

因此艾謝爾撇出完全無關的話題，撒旦表情開朗地笑道：

「放心吧，這方面我也已經想好了對策，而且……」

此時西邊的天空傳來巨響。

所有人都忍不住看向聲音的方向，然後發現遠方出現一道巨大的冰柱。

「……我們應該比馬勒布朗契還要有能力應付空中的那些傢伙。亞多拉瑪雷克現在已經會飛了，或許我們根本就沒機會出場喔？」

「哈～哈哈！怎麼啦！你們不是很會放火箭嗎！現在怎麼只會逃跑！」

亞多拉瑪雷克在空中自由自在地四處遨翔，飛行物體＝鐵鳥智天使Ⅳ型只能任他宰割。

襲擊飛龍和飛行惡魔們的飛行物體，不知為何看也不看亞多拉瑪雷克一眼。

不只如此，就算亞多拉瑪雷克直接擋在他們面前，他們也會避開他去找其他獵物。

「……真無聊。這樣簡直就像是在欺負弱者。」

「亞多拉瑪雷克，是因為你的鎧甲啦！」

稍微有點厭倦單方面虐殺的亞多拉瑪雷克，聽見了可恨背叛者的聲音。

「路西菲爾！你居然還有臉現身！」

仔細一看，嬌小的惡魔正在亞多拉瑪雷克龐大的身軀旁邊飛行。

路西菲爾無視亞多拉瑪雷克的怒吼，在翅膀底下展開四顆魔力球。

「你看前面那個。」

路西菲爾一將魔力球射到飛行物體的前方，他們就朝魔力球射出剛才的火箭。

「他們會對熱產生反應。你現在全身都被魔冰鎧甲包覆，所以他們才會避開你去找其他獵物。就像這樣。」

路西菲爾像是在玩弄飛行物體般操縱魔力球，最後彈了一下指頭將其引爆。

那陣爆炸吸引了更多火箭，甚至在空中連鎖引發了剛才在地面燒傷亞多拉瑪雷克的那種不帶魔力的神祕爆炸。

「撒旦稱這個為魔力火焰。總之為了減少我方的損害，他已經指示被他帶來的那些馬勒布朗契盡量施展高溫高熱的魔法。你只要繼續維持現狀，他們就不會理你，所以隨便到處破壞他們吧。」

「你說誰不會被理會啊！喂，路西菲爾！你說那個魔法是撒旦命名的……喂！」

說完想說的話後，路西菲爾就以更加純熟的飛翔魔法瞬間甩開亞多拉瑪雷克，飛向遠方的天空。

「真是的，到底是怎麼回事！」

亞多拉瑪雷克憤怒地用鼻子噴了口氣，一隻飛行物體受到那股熱氣的引誘飛了過來。

「煩死了！」

亞多拉瑪雷克一槍粉碎飛行物體，不悅地環顧四周。

「這戰場變得好詭異，得通知卡米歐大人才行。到底該打倒誰，避免被誰打倒，如果我們不定好方針，不管想進攻或撤退都無法實現。希望他平安無事……」

「喂！那裡是右邊吧！真是的！連在下的老花眼都跟不上，你這樣也算是馬勒布朗契的頭目嗎！沒錯！就是這樣！再放出更細的火焰！喂，那邊的傢伙！別進入馬勒布朗契的射擊路徑！在下不記得有收空戰的門外漢當部下！飛龍隊！像鐵蠍族的念動砲術那樣，輪流吐出火炎球不要中斷！將他們逼到南邊！」

「嘖……為什麼我要聽那個老頭的命令啊……喔哇？」

馬勒布朗契的頭目西里亞特一面抱怨，一面遵照卡米歐的指示乖乖與鐵鳥戰鬥。

他的部下在第一波襲擊中，就被打倒了超過一半。

就在他心想這樣下去將無法與魔王軍的飛龍隊對抗時，這隻老鳥騎著飛龍衝了過來，以快

如閃電的劍影斬斷了西里亞特的一根爪子。

明明騎飛龍時根本就無法在空中站穩，對方仍準確地將劍尖抵在西里亞特的胸前，拿下了這場勝負。

「馬勒布朗契的小鬼！如果你還珍惜自己的性命，就乖乖遵從在下的指示，幫忙擊落鐵鳥！拒絕的話不只是你，就連你所有的族人都會沒命！那些傢伙是最早動搖古代大魔王撒旦對魔界的統治，所有惡魔的敵人！」

「什、什麼……」

「在下也沒想到過了這麼多年，那些傢伙居然還活著！現在不是在乎什麼魔王軍或馬勒布朗契這種無聊事的時候。就算說能不能在這場戰鬥中活下來，將決定魔界所有惡魔的未來也不為過。嘩咿咿咿啊啊啊啊！」

自顧自說完這些話後，老鳥發出震耳欲聾的怪聲，朝西里亞特背後的鐵鳥擊出怎麼看都不可能刺中的突刺。

然而只稍微越過西里亞特肩膀的劍尖，放出肉眼看不見的極細劍氣，在下一個瞬間讓西里亞特背後的鐵鳥爆炸墜落。

見識到這眼睛跟不上也看不見的精湛劍技後，西里亞特領悟到自己沒有勝算，並乖乖飛來飛去任老人使喚，接著不知為何，就連除了擅長空戰以外一無可取的西里亞特的部下們，都能輕易擊墜曾在南方平原讓族人們備嘗辛苦的鐵鳥。

「我是在作夢嗎？」

在意外輕鬆的戰場上，西里亞特猛然看向地面。

映入他眼簾的，是散布在地面上的銀腕族一被奇妙的霧包圍就開始陷入混亂，然後接連被馬勒布朗契和魔王軍擊斃的光景。

此外也能零星看見被飛龍隊干擾後陷入混亂的鐵鳥，在爆炸後化為鐵塊擊中其他銀腕族的狀況，在這個敵我的界線開始模糊的戰場上，西里亞特產生了前所未有的「勝利」預感。

就在此時——

「喔，臭老頭，你還活著啊。」

「路西菲爾！你果然也在這個戰場上！」

看起來不怎麼意外的卡米歐，瞪向突然飛來的路西菲爾。

「我本來是來教你作戰方法，看來沒這個必要。」

「不需要你多管閒事！」

「那我另外告訴你一件好事吧。其實撒旦……」

路西菲爾正打算賊笑地開口，就被卡米歐以不屑的笑容打斷。

「你想說他還活著吧。這種事在下早就知道了。」

「……咦？」

珍藏的消息被人冷淡地打斷，讓路西菲爾不悅地皺起眉頭，但卡米歐早就知道這件事了。

「不管多麼微弱，不管戰況再怎麼混亂，只要撒旦人在附近，在下就不可能遺漏他的魔力！因為在下注視他的時間，比魔界的任何人都要長！」

然後卡米歐動了一下鳥喙說道：

「路西菲爾，你是這裡飛行能力最強的人，如果沒其他事，就快去幫忙聯繫戰場吧！反正這些傢伙的襲擊一定也和那傢伙有關吧！還不快去把他的指示傳達給全軍！」

「…………你們這些傢伙真的有夠無趣！」

路西菲爾板起臉喊道——

「好好注意東方的天空吧！再過不久就會有信號！然後所有人都去發出信號的地方集合！直接前往撒塔奈斯亞克！」

「……了解！話說路西菲爾！」

「怎樣啦！關於破壞岩寨的事情，我可不想聽你說教！」

「在下也不認為你會乖乖聽人說教！你肯回來真是太好了！等這場戰鬥結束後，就會讓你重新指揮流浪惡魔們！那些無賴似乎和不知變通的艾謝爾合不太來！正好適合由你這種隨便的傢伙指揮！」

「……」

路西菲爾有些驚訝地畏縮了一下，但馬上露出囂張的表情——

「唉，既然你這麼堅持，那我考慮一下。」

在丟下這句話後，就飛向東方的天空。

「看來在下這老骨頭總算能退下第一線了……」

卡米歐目送那道身影離開，輕輕微笑道。

「喂！別偷懶！繼續射擊！那鳥又繼續攻過來了！」

然後他馬上重新督促一旁的西里亞特。

冷靜下來後，就變成一面倒的戰鬥。

雖然戰場在一開始因為神祕的攻擊陷入混亂，但只要習慣銀腕族和鐵鳥的攻擊，魔王軍的將兵們馬上就各自以擅長的戰法扭轉局勢。

當然他們也付出了不少犧牲。

畢竟對方可是曾短暫讓艾謝爾與馬納果達面臨生命威脅的角色。

在犧牲者的名單中，除了魔王軍的資深將兵以外，還包含了路比岡德絕大部分的部下，以及頭目卡尼查歐。
在馬勒布朗契中，傷勢最重的是身體被綠色熱線貫穿的馬納果達，即使夸卡比娜拚命為他治療，仍未能完全替他堵住傷口。
「這就是所謂的遍體鱗傷吧，哈哈哈！」
至於外表傷勢最嚴重的，正是撒旦本人。
畢竟他前不久才在銀腕族的未知領域與未知的敵人奮戰，並生擒了連艾謝爾與馬納果達都會感到棘手的敵人。
此外為了不給施展闇空隧道的夸卡比娜造成負擔，他只保留了最低限度的魔力就來到這裡，之後還趕到各個地面戰的戰場，將銀腕族的大部隊一個接一個地擊潰。
「……虧你還笑得出來。你都不知道在聽說你還活著的時候，我有多麼驚訝。」
亞多拉瑪雷克傻眼地笑道。
「真是的，真不曉得留他一條命到底是好是壞……」
馬納果達表情複雜地橫躺在地。
「接下來該怎麼辦？雖然到處都還有零星的戰鬥，不過大部分的銀腕族好像都已經被打倒了。要各自回家，擇日再戰嗎？」
坐在附近的岩石上看向這裡的路西菲爾一問，艾謝爾和馬納果達就互望了彼此一眼。

「怎麼辦？要打的話，我們倒是願意奉陪。」
現場只有夸卡比娜因為馬納果達的提議僵住。
艾謝爾聳了一下肩膀，側眼看向撒旦後搖頭，將一切丟給撒旦決定。
「既然這個男人已經回來，我就沒有權限決定全體的方針。」
「……欸～」
被迫做決定的撒旦像是真心覺得麻煩般皺起眉頭，低頭看向自己傷痕累累的身體。
「事到如今就算重打一架，也只會掃興吧。」
「是這個問題嗎？」
路西菲爾在開口指摘前，早就已經放棄了。撒旦說這句話時非常認真。
「吶，馬納果達。」
「什麼事？」
「你之前說過，你的目的是讓馬勒布朗契永遠繁榮下去吧。」
「沒錯。」
「這個目的一定要在由你擔任首領的情況下完成，你才會滿足嗎？」
「……」
馬勒布朗契的首席頭目馬上就理解撒旦的話中之意，不甘心地笑道：

「這個嘛。」

然後他推開夸卡比娜，緩緩撐起傷口只有勉強閉合的身體。

「至少也要能用我這雙眼睛見證到底，我才會滿足。」

「馬納果達大人？」

夸卡比娜之所以慘叫，是因為她已經正確地察覺首席頭目話中的真意。

「您應該還欠我一個人情。」

「是啊。」

撒旦笑著指向自己的喉嚨。

「只要您願意還那個人情，我和夸卡比娜小姐就會替您說服其他頭目。不曉得您意下如何？」

「馬納果達大人！」

這次的慘叫，是對馬納果達亂來的提議表示抗議。

撒旦開心地點頭，指向自己背後的三名惡魔。

「這些傢伙只要認為自己比我厲害，隨時都會對我掀起反旗，實際上他們也真的有那樣的器量。你不覺得這很了不起嗎？」

「嗯，非常了不起。」

「……馬納果達大人……」

夸卡比娜的語氣顯示她已經完全放棄。

「我很倚賴你喔？」

「那當然。我只要一發現您是個無能的人，隨時都會用這隻利爪取您性命。」

「哼，又多了個棘手的傢伙。」

「又多一個傢伙被騙了，真是讓人受不了。」

「……」

亞多拉瑪雷克、路西菲爾和艾謝爾，各自以自己的方式解讀馬納果達的回答。

就在這時候——

「看來事情都談好了。」

卡米歐帶著一臉憔悴的西里亞特輕輕降落。

「哎呀，真是不得了。」

馬納果達一見到卡米歐，就驚訝地睜大眼睛。

「這不是帕哈洛・戴尼諾族的魔鳥將軍嗎？沒想到過去被歌頌為只要靠一把劍就能稱霸魔界天空的最強劍士也在您的麾下。西里亞特先生，真虧您能活下來呢。」

「……感覺已經快死了……」

雖然西里亞特看起來沒受什麼重傷，但他一降落就癱倒在地，似乎完全不打算起身。

「喔，卡米歐，你還活著啊。這傢伙從今以後就是我們的同伴了。」

「在下才想說『你居然還活著』。不過你的這份隨和，未來將逐漸變成一個很大的缺點。你現在迎接的可是馬勒布朗契族的首席頭目，就不能稍微拿出威嚴，表現得有禮一點嗎？」

明明彼此應該都是經歷了九死一生的狀況才重逢。

面對撒旦一如往常的態度，卡米歐也像平常那樣不悅地提出勸誡。

「雖然你叫我拿出威嚴和禮數，但我平常就一直是這種感覺，和你們相比，我只是個年輕人吧？而且我也不像艾謝爾或亞多拉瑪雷克那樣，擁有能讓自己擺出強硬態度的族人，所以不太喜歡這樣……」

撒旦一開始嘟囔一堆藉口——

「既然如此。」

連馬納果達都忘不了其威名的帕哈洛．戴尼諾族的魔鳥將軍，就厭煩地嘆了口氣。

然後——

「在下未來將賭上這條命侍奉您，請您務必展現出威嚴。魔王撒旦大人。」

卡米歐以誰都不會覺得不協調的自然動作跪在撒旦面前，將手抵在胸前低頭說道。

「……咦？」

面對卡米歐唐突的行動，撒旦驚訝地睜大眼睛。

「卡、卡米歐？」

「在馬納果達大人與馬勒布朗契族加入後，我等魔王軍將成為魔界中最大的勢力。對創立、指引並率領這個集團的人，自然必須像這樣表現出相對應的禮節。」

「呃，那個……」

「在下的力量已經遠遠不及您。而且在您的身邊，也已經有許多遠比在下可靠的夥伴。在下在此將『四天王』的稱號讓給偉大的馬勒布朗契族首席頭目馬納果達大人，未來將在檯面下，在各位的麾下，為魔王大人與四天王盡微薄之力。」

卡米歐無視慌張的撒旦，在說完這段話後抬起頭，過去那個年幼的少年惡魔，如今已經將頭角展露到遠比自己高的場所，這讓他像是覺得耀眼般仰望著撒旦說道：

「魔王大人，您真的長大了。」

「……唔！你、你這是幹什麼！別講這種好像你已經不久人世的話啦！」

「哈哈哈，雖然在下已經是一把老骨頭，但還沒享盡自己的天年。恕在下僭越，魔王大人接下來要走的路還很長。在見證魔王大人的霸道完成之前，在下絕對不可能離開人世。而且比起這件事，您還有另一個該盡快趕去的地方吧？」

卡米歐說完後，瞄向馬納果達。

雖然不曉得馬納果達明不明白卡米歐的意圖，但撒旦用力點頭表示贊同。

「不如就由在下與馬勒布朗契的頭目們收拾戰場的殘局，讓魔王大人和四天王們先過去吧。」

「……真是敵不過長壽的老頭。」

「在下能贏各位的，也只剩下年紀了。」

卡米歐開心地笑道。

「據說在下的祖先卡姆伊尼卡曾見過古代大魔王居住的城堡撒塔奈斯亞克。雖然現在應該能輕易入城，但請您進入時務必小心。」

「嗯！你放心等著吧。還有……以後也請多多指教啦。我還有很多事需要你指導。」

撒旦朝最早發現自己的可能性、指導培育自己走到今天的親人跪下，用力握緊對方的手。

「真是光榮至極。」

卡米歐不知為何垂下臉，語氣顫抖地回應。

※

那個地方，就在不斷延伸的平原盡頭。

在比馬勒布朗契的領域還要遙遠的南方。

在這個除了天空、風、雲與剛通過闇空隧道抵達這裡的五人外，沒有任何東西會動的地方，有一群外觀遠遠顛覆惡魔的常識、由直線構成的巨大建築物。

「哎呀，真不得了。雖然規模只比馬勒布朗契的里大一點……但許多東西的外觀都是由直線構成呢。」

「而且還是由既不是鐵也不是鉛、散發奇妙光澤的金屬製成。那些奇妙的銀腕族就是來自這裡嗎？」

馬納果達和亞多拉瑪雷克各自闡述自己的第一印象。

「「……」」

路西菲爾和艾謝爾眼神嚴肅地沉默不語。

「撒旦，這裡到底有什麼？」

「……古代大魔王撒旦留下的……某種東西。」

面對亞多拉瑪雷克的疑問，撒旦難得含糊地回答。

「某種東西……和那些銀腕族有關嗎？」

「就算真的如亞多拉瑪雷克先生所言，我本來以為只要能收服銀腕族就能成為魔界最強，但各位已經證明實際上並非如此。呵呵呵，我實在不認為那就是大魔王的遺產。」

「坦白講，我也不知道。不過曾經一度統一過魔界的王，確實統治過這裡。若這裡就是他的根據地，那我們實際上已經站在和古代大魔王相同的高度。這樣就算不戰鬥，惡魔們在耳聞我們的名聲後，或許也會自己過來歸順。」

「也就是所謂的獲得象徵嗎？」

撒旦點頭回應馬納果達，往前踏出一步。

「小心點，這裡可能還有剩下的銀腕族。雖然大部分的銀腕族都已經在剛才的戰鬥中被擊潰，不過或許還有幾隻藏在裡面。」

正常來講，應該會有負責守護根據地的後備兵力。

但奇妙的是，馬上就有人出言否定。

「放心吧。裡面的銀腕族不會襲擊人。」

「什麼？」

開口的是路西菲爾。

「我可以保證。雖然裡面還剩下一些銀腕族，但裡面的傢伙們不會動。那些傢伙只有在外出遇到敵人時才會行動。」

撒旦困惑地看向莫名充滿自信的路西菲爾，但認為不可大意的他還是謹慎地前進。

五人沒多久就抵達神祕建築物面前，不過大致環視過周圍後，仍找不到看似入口的地方。

「要直接打破嗎？」

「哎呀，這太危險了。或許附近還藏了其他銀腕族也不一定。都來到這裡了，還是別因為急躁而惹來麻煩比較好。」

就在五人尊重已經和銀腕族戰鬥過五千年的馬勒布朗契首席頭目慎重的意見，開始謹慎地探索周圍時——

「喂。」

路西菲爾發現了奇妙的東西。

「這是和銀腕族那個長滿眼珠的球一樣的東西吧？」

牆壁裡確實鑲了一個類似堅硬眼球的東西。

「應該不會有銀腕族從這裡跑出來吧？」

「是這樣嗎？不過仔細一看，牆壁上有縫呢。如果這裡就是入口……高度的確剛好能讓那些在地面走的傢伙出入呢。」

撒旦的推測讓眾人緊張了一下——

「可以讓一下嗎？」

但路西菲爾輕輕浮到空中，做出用眼睛窺探牆內眼球的動作。

「喔？」

雖然不曉得運作原理，但眼前的裂縫突然靜悄悄地開啟。

「你剛才做了什麼？」

路西菲爾沒看向撒旦，直接回答：

「……不，沒什麼，只是想或許能看見什麼就瞄了一下……該不會裡面有其他人在吧？」

路西菲爾的發言，加深了現場緊張的氣氛。

開啟的入口後方，是一條意外明亮的直線走廊。

「唔，真矮。」

身材特別高大的亞多拉瑪雷克，必須彎腰才能進入，撒旦和艾謝爾的頭也幾乎要頂到天花板。

「慎重前進吧，不曉得牆壁上有什麼機關。」

「是啊。」

「……不好意思，我要丟下你們先走一步啦。看來只有我能在這條通道自由行動。我來幫你們開路吧。」

雖然再怎麼說都無法讓亞多拉瑪雷克打頭陣，但外表充滿威嚴的他拚命縮起身子跟在四人後面的樣子，看起來實在有點好笑。

五人穿過漫長的走道，但沒遇到任何需要警戒的機關，最後總算來到一個天花板高到能讓亞多拉瑪雷克挺直背脊的寬廣空間。

「不過這裡有好多岔路。」

「……每條路的天花板都很低，我想留在這裡休息。」

亞多拉瑪雷克舒展僵硬的筋骨，一反常態地哭訴道。

「……應該沒關係吧？這裡明明是看起來很重要的地方，卻沒有士兵或機關防守，就讓亞多拉瑪雷克留在這裡，大家各自探索內部如何？」

路西菲爾難得提出建設性的意見。

若想探索這個廣大的建築物內部，五人一起行動的確很花時間。

五人都是無與倫比的大惡魔，如果會被銀腕族的突襲打倒，那根本就沒有資格來這裡。

「好吧。如果發生了什麼事，就回這個有亞多拉瑪雷克在的大廳集合。別對看起來有危險的東西出手，之後再互相報告發現了什麼吧。」

「我知道了。那我走這邊。」

接著路西菲爾不等其他人回答，就快速飛向某條走道。

雖然走道上設有類似門的東西，但或許是感應到路西菲爾靠近，馬上就像一開始的入口那樣無聲地開啟，等路西菲爾進去後才重新關閉。

「哎呀，真是沒耐性……那我走這邊的門。感覺有聲音從那個方向傳過來。」

「嗯，小心點啊。你的傷才剛痊癒吧。」
「不勞您擔心。」
說完後，馬納果達也輕快地走向其他門離開現場。
大廳內只剩下撒旦、艾謝爾和亞多拉瑪雷克，此時艾謝爾突然開口：
「你是怎麼把那些銀腕族叫去那個戰場的？」
「真突然啊。」
撒旦像是早就預料到艾謝爾會這麼問般，毫不猶豫地回答：
「很簡單。被馬納果達他們稱為銀腕族的那些在地面行動的熾天使Ⅲ型，具備呼救的機能。我一開始的計畫是讓他們襲擊馬勒布朗契之里，等讓非戰鬥人員逃跑後，再讓頭目們陷入混亂，並希望你們能在發現騷動後攻過來。畢竟之前輸得那麼慘，只要你們還沒喪失戰意，絕對會監視這裡的狀況。不過我一回來就聽說你們已經發動進攻，於是便改變了想法。」
「……用共同的敵人創造夥伴啊。撒旦，你刻意將銀腕族引到戰場上，是為了讓我們和馬勒布朗契並肩作戰吧。」
亞多拉瑪雷克低頭問道，撒旦點頭回答：
「馬勒布朗契和你們蒼角族或鐵蠍族不同，並沒有將馬納果達視為絕對的族長，只是尊重他而已。強悍的頭目們為了保護各自的部下而採取合議制，在組織制度上與我們相當接近。而且比起提升自己的名望，馬納果達最在意的還是部族的繁榮。你們也見過那個叫路比岡德的男人吧？他好像一直都想取代馬納果達。

「原來如此，就像你和艾謝爾的關係嗎？」

亞多拉瑪雷克輕笑道。

「我想透過那場戰鬥，讓馬納果達知道我們不是想要毀滅馬勒布朗契的集團，這樣比起自己的名譽，馬納果達應該會選擇優先保護族人的安全。為了這個目的，有必要在不對馬勒布朗契之里造成犧牲的情況下，讓銀腕族襲擊那裡，然後讓我們……應該說你們打倒那些銀腕族。真的是費了我一番工夫喔？為了和路西菲爾一起活捉熾天使Ⅲ型，我不曉得受了多少傷……」

「真是魯莽的計畫。要是我們沒照你預料的行動，你打算怎麼辦？」

「亞多拉瑪雷克，你問了個蠢問題呢。」

「哼，真無聊。你是想說卡米歐大人和艾謝爾，一定會那樣行動吧。」

「你也一樣。從這次的布陣來看，你有好好和艾謝爾合作，並擔下了危險的工作吧？我信賴你們。如果是你們，就算我死了也一定會那麼做。」

「我們的確是在把你當成死人的前提下行動。呵呵呵。」

從一開始提出問題後，就一直保持沉默的艾謝爾嘆道：

「真是一群無可救藥的傢伙。」

「講是這樣講，你也是因為明白這一切，才會挑路西菲爾和馬納果達不在時發問吧。」

亞多拉瑪雷克戳了一下艾謝爾的肩膀，後者也理所當然般的點頭回應：

「雖然我想解決自己的疑問，但要是在馬納果達面前提起這件事，恐怕會引起其他頭目們的不悅。馬勒布朗（他們）契在這次的事件中認識到『合作』的重要性。以後會變得更加難纏。」

「我倒是很歡迎同伴變強。」

撒旦對艾謝爾的擔憂一笑置之。

「那麼，我們也去探索一下吧。雖然這裡似乎沒遺留能讓人一口氣掌握魔界的驚天動地的魔法，但到處都是沒看過的東西，感覺很有趣呢。」

「……好吧。」

「我在這裡等，你們路上小心。」

路西菲爾毫不猶豫地飛過錯綜複雜的走道。

雖然中途被幾扇厚金屬門擋住去路，但只要凝視像外牆那樣鑲在牆壁內的眼球，就能輕易開啟所有門。

穿過幾扇門後，他來到一個比蒼角岩寨的武器庫還要狹小的空間。

「啊————……」

白色的天花板、白色的床、白色的牆壁。

中央有個橢圓形的隆起物，那是張擁有透明硬殼、形狀像魔蟲卵的床鋪。

路西菲爾在那個房間裡呆站了一下，然後用力吸了口氣。

「真想吐。」

他面無表情地低喃完後，將魔力集中到右手，使出全力掃蕩房間。

牆壁被打穿，房間輕易崩壞，但路西菲爾看也不看破壞的痕跡，轉身走向自己開闢的「道路」。

然後他吐了口口水，揚起嘴角說道：

「果然什麼都想不起來。」

「剛才那是什麼聲音？」

「好像是破壞的聲音。該不會是路西菲爾或馬納果達遇到銀腕族了吧？」

「不會吧，他們沒事吧。」

艾謝爾野蠻的判斷基準讓撒旦不禁露出苦笑，但兩人探索到現在，別說是銀腕族了，根本

完全感覺不到生物的氣息，所以撒旦不認為在這座古代都市內，有什麼能為路西菲爾、馬納果達和亞多拉瑪雷克帶來危險的存在。

就某方面來說，馬納果達感覺到生命危險。

不過身為首席頭目的冷靜，讓他得以正確分析狀況，然後判斷自己並未遭遇危險。

「哎呀……這可真是不得了。」

眼前是數量多到足以重現先前戰場的銀腕族。

不過他們的樣子看起來有點奇怪。

在沒有燈光的寬廣大廳中，整齊排列著在地面行動的銀腕族。

而且每隻銀腕族都低著頭動也不動。

「看起來……不像是死了。」

即使是在陰暗的環境中，也能清楚看見銀腕族充滿光澤的身體毫髮無傷。

然而他們卻像是死了一樣動也不動。

擔心在場的銀腕族會不會突然抬起頭，從手中發射可怕熱線的馬納果達持續警戒，但不論他如何屏息等待，這個大廳內還是沒有任何動靜……

「唔！」

有什麼聲音。

大廳角落亮起一陣光芒。

馬納果達盡可能消除自己的氣息，輕輕靠近那道光，那裡有扇剛好能讓一隻銀腕族通過的門。

然後有一隻銀腕族，從門的另一側來到這個大廳。

「果然……是餘黨嗎……」

馬納果達對從發光的門外推進這個大廳的銀腕族擺出戰鬥架勢。

不過——

「……？」

新出現的銀腕族在被帶狀移動的地板送進這個大廳後，就像大廳內的其他同伴那樣無力地垂下頭，排在比他早到的人後面，動也不動。

「……這……這到底是……」

銀腕族到底是什麼東西？

馬納果達在陰暗的大廳中咬著右手的爪子，陷入思考。

「到處都還有燈在亮呢。另外也能聽見奇怪的聲音。這座建築物應該還有某些機能在運作吧。」

「嗯，這裡的確有許多我們從未見過的東西，但似乎對掌握魔界的霸權沒什麼幫助。」

就撒旦和艾謝爾目前探索過的範圍來看，雖然這棟建築物的確充滿許多魔界沒有的設計理念和素材，但在試著推測這個場所的用途後，兩人判斷這裡其實和蒼角的岩寨沒什麼差別。

這裡有能讓許多人一起活動的場所、讓人躺下來睡覺的地方，以及只要有那個意思，就能直接飛到外面天空的窗戶。

以並非在自然環境中打造的居住用建築物來說，這裡的確很大，但地板的面積就像馬納果達說的那樣，只比馬勒布朗契之里稍微大一點。

在擁有魔界最多人口的馬勒布朗契加入後，這樣的面積應該無法容納所有魔王軍。

「如果拿來當成新據點使用還不錯，大概就是這種感覺吧？」

「……」

撒旦沒有回答，看起來仍在尋找什麼。

「是這裡吧。」

逛了一會兒後，兩人發現一條遠比其他走道大的通路。

天花板也很高，應該夠讓亞多拉瑪雷克站直。

「看起來好像是某種重要的設施。」

地板和牆壁的素材也不一樣，即使不是艾謝爾，也能看出這裡是某個重要的地方。

走廊深處有扇不知為何和其他門不一樣，呈半開狀態的門。

「怎麼回事？」

只有門的周圍有奇怪的燒焦痕跡。

其他門和隔牆都沒有這種東西，但只有這扇門明顯被攻擊過，或是被某種類似的強大力量碰撞過。

「……」

半開的門後面和其他被神奇燈光照亮的地方不同，顯得一片漆黑，充滿詭異的氣氛。

雖然艾謝爾提高了警戒，但撒旦只稍微皺了一下眉頭，就毫不猶豫地踏入黑暗的房間。

房間內馬上就產生了變化。

「這……到底是……」

撒旦一踏入房間，裡面就馬上和其他地方一樣被照亮，眼前的整面牆和一張桌子開始閃爍奇妙的光芒。

牆壁和桌子發出的光芒，讓人聯想到銀腕族的頭部。

雖然房間很大，但相對於房間與桌子的面積，這裡的椅子莫名地少。

「是那個嗎？」

即使面對這些奇妙的變化，撒旦仍毫不動搖地走向房間中央，那裡有一面與天花板和地面平行的厚實大理石圓盤。

「……真的存在啊。」

「嗯？」

撒旦與其說是在和艾謝爾說話，不如說是在對遙遠的某處自言自語。

撒旦身上穿著一件和馬納果達的破爛斗篷差不多的粗糙套頭衣，他緊緊握住那件衣服的胸口處發出呻吟，就在這時候——

「？」

天花板與地上的圓盤各自發出光芒，等兩道光結合在一起後，一顆光球出現在兩人視線的高度上。

「……這是，我們的世界……」

「什麼？」

「我知道的只到這裡。其他地方都不清楚。」

撒旦像是回到少年時期般露出不安的表情，但還是確實地將手伸向光球。

「撒塔奈斯亞克，你願意告訴我在天空的另一端有什麼嗎？」

就在撒旦的手掌碰觸到球體時。

「哎呀，怎麼回事？」

「嗯？有敵人來襲嗎？」

「這……這個震動是……」

分散在撒塔奈斯亞克各處的馬納果達、亞多拉瑪雷克和路西菲爾三人，因為感覺到彷彿整個撒塔奈斯亞克都在晃動般的衝擊與持續不斷的震動而猛然抬頭。

「發生什麼事了？」

艾謝爾也環視周圍，但除了震動以外，唯一產生變化的就只有室內的幾個燈光正在閃爍。

撒旦的表情毫無動搖，手也仍放在光球上。

「艾謝爾，你看那個。」

「什麼？」

艾謝爾一順著撒旦的視線看過去，就發現原本只有牆壁的地方，在不知不覺間開了一扇像窗戶的東西。

「窗戶……不對，這是幻影？」

「這叫螢幕。是種能讓人即使身在這個房間內，也能看見外面狀況的道具。唉，就是類似窗戶的東西。那裡的整面牆，現在已經變成最大的窗戶。」

「外面的狀況？」

叫螢幕的東西顯示出來的影像，的確是一行人剛才降落的平原。

或許外面似乎因為震動而掀起了一陣沙塵，但上面並沒有顯示出什麼奇怪的東西……

「……！」

所謂的驚訝到說不出話，應該就是用來形容這種時候。

地面逐漸從螢幕上消失。

原本占據半面窗戶的紅色土地開始逐漸下移，變得能夠看見遠方。

最後看見的景象，有一半都是近到彷彿只要伸手就能抓住雲朵的天空。

等回過神時，震動已經停止了。

不過腳底有股神祕的浮游感。

「去外面看看吧。」

不知何時已經將手抽離光球的撒旦，對愣愣地看著螢幕的艾謝爾說道，後者只能像個夢遊症患者般跟在他後面。

就連撒旦為了前往能看清外面的陽臺移動時，艾謝爾都沒注意到他的腳步毫無迷惘。

等兩人走到被奇妙的透明素材包覆、能夠看見外面的陽臺後——

「這……這是……！」

艾謝爾忍不住大喊出聲。

浮起來了。

如此巨大的建築物，居然正從魔界的天空睥睨魔界的大地。

「天空之城……」

艾謝爾不得不撤回自己剛才的發言。

城堡在飛。

這究竟能帶來多強大的視覺衝擊。

更可怕的是，讓這座巨大的建築物浮起來的能量似乎並非魔力。

想讓這麼大的東西浮起來應該需要相當的能量，但在撒塔奈斯亞克內，只感覺得到撒旦五人的魔力。

換句話說，應該有其他的能量來源在維持這個浮游狀態。

光是能自由行使這股壓倒性的存在感，就足以稱霸整個魔界了吧。
「吶，艾謝爾。」
「什麼事？」
「你覺得這東西怎麼樣？」
「這還用說嗎？」
艾謝爾一反常態興奮地說道：
「這是在魔界中無與倫比的可怕力量！只要擁有撒塔奈斯亞克，擁有這座浮游城寨，不管什麼種族都不是我們的對手！」
「……嗯，你說的沒錯。」
「撒旦，你在讓這座城寨浮起來前做了什麼？你似乎從以前就一直想來撒塔奈斯亞克，難道你一開始就知道這座城能飛嗎？」
「……我只有聽說過。而且也沒完全相信。不論是銀腕族、撒塔奈斯亞克還是這個在空中飛翔的力量，我都只當成是幻想的故事。因為是依照模糊的印象在操縱，所以現在稍微鬆了口氣。」
「……怎麼了嗎？」
即使目睹如此偉大的力量，撒旦的側臉仍顯露出意外的感情。

「沒事，只是變得有些不安。我現在才發現，自己至今一直朝著這個目標邁進，完全沒想過更之後的事情。這樣不曉得以後還幹不幹得下去。」

艾謝爾大吃一驚。

撒旦至今都靠革新的思想與行動努力建立自己的勢力，所以艾謝爾認為撒旦在獲得如此強大的力量後，應該會變得無所不能。

但撒旦本人並不這麼認為。

原因可想而知。

在併吞馬勒布朗契後，撒旦的勢力已經占據魔界的一半。再加上這座浮游城堡，他的地盤已經算是堅如磐石。

他與他的魔王軍，總是在與巨大的敵人戰鬥。

首先是孤身與最強的流浪惡魔對峙，然後是第一次將卡米歐等人當成部下指揮，打倒蒼角族與亞多拉瑪雷克。

等總算將自己的勢力統整成一個集團後，戰鬥的對象就換成了曾讓蒼角族吃過一次敗仗的北方大豪族艾謝爾，最後終於征服了以擁有最多的人口與高度的社會性為傲的馬勒布朗契。

不過接下來戰鬥的對象，都將會是比撒旦，比魔王軍還小的勢力。

雖然在沒看過的地區或許還有其他沒見過的可怕的部族。

但至今持續挑戰強者的撒旦，在獲得撒塔奈斯亞克後已經成為壓倒性的強者。

魔界統一的霸業，將只剩下持續以強者的身分征服弱者的戰鬥。

這個第一次站上的高度，動搖了這位年輕的惡魔。

這名巨人還只是個不滿兩百歲的青年。

他在短到可怕的時間裡爬上的這個高度，是在這一千年來都只顧著守護族人的艾謝爾完全無法想像的境界。

而就在剛才，養育他長大並最受他倚賴的親人，也宣告他超越了自己。

他孤獨地站在頂點。

艾謝爾看向那樣的撒旦——

「……我認為您不需要感到不安。」

「……咦？」

他自然地像那位偉大的魔鳥將軍那樣，對年齡不到自己一半的青年惡魔低頭下跪。

「我等魔王軍四天王，無論何時都會作為您的基石、您的劍、您的眼、您的耳以及您的口，支持著您。」

「艾謝爾……你……」

「首領是孤獨的。但我等四天王即使未曾抵達像您這樣的高度，還是擁有當過一族之長的

孤獨經驗。以後馬納果達，應該也會成為一名優秀的參謀。」

然後艾謝爾像卡米歐那樣抬起頭呼喚那個名字。

「魔王撒旦大人。」

就在這個瞬間，鐵蠍族族長艾謝爾蛻變成了魔王軍四天王艾謝爾。

「請儘管向前奔馳吧。我等誓將追隨您的背影，絕對不會被拋下。」

這名過於年輕的魔王，還需要別人的幫助。

艾謝爾在心底發誓。

要支持這名青年的霸道。

與他共同目睹接下來的光景，然後——

「……那我就非跑不可了。」

撒旦以困擾但有些高興的表情如此說道。

「要是被你們追上，不管有幾條命都不夠。」

這句話的意義，艾謝爾和撒旦都已經從馬納果達身上學到了。

「您說的沒錯。」

艾謝爾再次深深垂下頭。

然後在那張不論他自己或撒旦都看不見的臉上——

「喔喔，浮起來了……嗯？」

「撒旦，我發現像是銀腕族巢穴的地方。不過每隻銀腕族都像是失了魂般動也不動……哎呀。」

「每個地方的天花板都好低，真讓人受不了。話說這股震動到底是……喔？」

此時，路西菲爾、馬納果達和亞多拉瑪雷克也來到這裡，他們一看見艾謝爾跪在撒旦面前，就各自驚訝地睜大眼睛。

在能俯瞰魔界大地的陽臺上建立的新主從誓約，讓三名大惡魔好一陣子說不出話來。

終章

「蘆屋，你在幹什麼？」

「啊，魔王大人。」

這裡是魔王城寶座大廳的大殿。

在橫放的亞多拉瑪雷基努斯的魔槍前面，蘆屋正在對八巾騎士團下達各種詳細的指示。

「喔，你在清理啊。」

仔細一看，眾人正圍繞著有城堡梁柱那麼粗的長槍，各自進行著擦拭或用鏟子戳槍身的工作。

「是的，畢竟長期在露天的情況下被棄置在菲恩施，此外為了將尾端固定在地面上，人類們還用了類似水泥的東西固定。這樣下去實在無法用在魔王城的修理上，所以才想先將多餘的東西剔除掉。」

「這麼說也對。這是亞多拉瑪雷克的遺物，好好把它弄乾淨吧。」

「遵命。」

蘆屋輕輕點頭。

接著真奧感慨地看著長槍說道。

「……馬納果達沒留下任何東西呢。」

「是的。但不如說亞多拉瑪雷克的東西被保留下來這點才是奇蹟。從財產的角度來看，我們原本就沒什麼所有權的概念，除了亞多拉瑪雷克和卡米歐大人以外，也沒人會使用特定的武器。相對地，在馬勒布朗契族中，至今仍有許多人繼承了馬納果達的遺德。」

「唉，這麼說也沒錯……不過一聊起這個話題，就讓我想起了以前的事情。」

「以前嗎？」

「嗯，我們不是改造了撒塔奈斯亞克嗎？例如將那裡的外表改成能讓魔王軍的人們順利接受的樣子，或是打穿天花板讓亞多拉瑪雷克也能站直，蒐集岩石進行加工改建等等，甚至還一反惡魔的常態，辦了個類似落成典禮的活動。」

「落成典禮……喔，是指那件事啊。魔王大人坐在寶座上，然後讓我們四人在魔王軍的將兵們面前進行訓示。印象中那是在攻克馬勒布朗契領地西方的某個部族前的事情。」

「那是在獲得撒塔奈斯亞克後，第一次展開的出擊。我們還得意忘形地說要直接飛過去，害好幾個人從邊緣掉下去。」

「有發生那種事嗎？」

「……話說回來，你好像就是從那時候開始變得沉默寡言。」

「咦？」

「我以前和鐵蠍族開戰時，你明明就還很多話，但從那陣子開始，你就變得不太愛講話了。不過你最近又變得像以前那樣了，是心境上產生了什麼變化嗎？」

「喔，原來是這件事啊。」

蘆屋用掛在脖子上的毛巾擦了一下汗後說道：

「您還記得在那場北邊的大會戰開始前，我們第一次在鐵蠍族的住處見面時，魔王大人對我說了什麼話嗎？」

「嗯？我嗎？我說了什麼？」

蘆屋輕輕點頭。

「『話如果說得太滿，事後做不到時會很後悔喔。沉默是金啊。』在我說要殺魔王大人時，魔王大人曾這麼說過。」

「……虧你還記得這麼瑣碎的事情。」

「從那時候開始，我接連經歷了許多前所未見的事情。實際上，我也真的在那場大會戰中落敗，即使被告知隨時都能找機會殺您，最後我還是一次都沒直接對您下手，即使在魔王大人被馬勒布朗契囚禁時，我曾獲得奪取魔王軍的大好機會，但到頭來別說是殺害魔王大人了，我甚至連取代您都做不到。簡單來講，就是我對曾經大言不慚卻一事無成的自己感到羞愧。所以從那時候開始，我就變得幾乎只說必要的話。」

「是因為那件事造成的反動嗎？那你現在為什麼又變得多話了？」

「只要有必要，我就會開口。真是的，只要一待在人類的世界，每天就會充滿必要的事情，完全靜不下來。即使如此，因為這陣子不必再擔心漆原會透過網購亂花錢，所以我覺得自己講的話有稍微變少了。」

「呃，我是覺得沒什麼差別。」

「是這樣嗎？」

就在這時候，真奧口袋裡的手機發出震動。

「喔，我差不多該回笹塚了，不然會妨礙到明天的打工。抱歉打擾你工作了，我大約三天後會再來。」

「我知道了。請盡量靠佐佐木小姐們給的巧克力解決三餐。」

「真過分。好不容易變得隨時都能回安特・伊蘇拉，結果能吃的東西還是只有巧克力和外食啊。我可以帶一點廚具回去吧？你在這裡應該很少用吧。」

「……真沒辦法。小鍋子和煎蛋用的平底鍋很少用到，請您帶回去吧。」

「……我的待遇和部下真是過分。」

「協助主人節制，也是部下的工作。」

「只吃外食反而會變胖，根本就談不上什麼節制吧。那我自己把那些東西拿回去囉。呃～啊？該不會在下面吧？」

發現於鋪在寶座大廳的三坪大榻榻米空間內找不到剛才提到的鍋子和平底鍋後，真奧從窗戶飛到樓下。

看見主人慌張的樣子，蘆屋露出即使不是梨香，也能猜出他在想什麼事的表情。

「真是的……看來就算有點勉強，我一星期也該回笹塚兩次。」

那是一副從頭到尾都對真奧感到擔心不已的表情。

※

讓撒塔奈斯亞克漂浮的能量，在從馬勒布朗契領域南方的平原移動到亞多拉瑪雷克等人凍結的大河邊時就耗盡了。

高度開始明顯下降後，撒旦遺憾地說道：

「意外地不怎麼能飛呢。」

「好像是這樣，不過畢竟是要抬起這麼大的質量，所以這也是無可奈何吧？因為已經很久沒運作了，或許是很多地方都變老舊了？真要說起來，我們連讓這座城漂浮的能量來源是什麼都不清楚，應該要先解析這部分吧。」

對此路西菲爾似乎不怎麼意外。

「說到老舊，銀腕族的空殼也一樣，還有很多地方沒探索過，得再確實地巡邏一遍才行。要是再也不能飛，我會很沮喪啊。」

「就算再也不能飛也沒差吧。機會難得，不如就固定放在這裡吧，要是離岩寨太近，用途會重複，在岩寨與馬勒布朗契之里中間有個據點不是很好嗎？」

在撒塔奈斯亞克內不能自由行動的亞多拉瑪雷克，似乎很想早點離開這裡到外面去。

「不管是為了調整還是掌握全貌，都必須花時間讓多魯多爾夫們對撒塔奈斯亞克做個徹底的總檢查吧。我聽說在馬勒布朗契裡，也有專門在研究銀腕族的人，馬納果達，你覺得如何？」

至於艾謝爾，已經開始在腦中計畫接下來該怎麼做了。

「哎呀，雖說是研究，但我們能做的其實就只有解體銀腕族而已。如果這樣也沒關係，那我就聯絡看看夸卡比娜小姐和巴巴力提亞吧。」

「啊，雖然我後來又動了很多東西，但如果之後又遇到牆上埋了那個像眼珠子的東西而且打不開的地方，就叫我過去吧。我只要一看就能打開。」

「你一看就能打開？怎麼回事，該不會牆壁內埋了惡魔吧。」

「亞多拉瑪雷克，這主意還滿有趣的。不如把這項功能也導入岩寨如何？反正還在重建中吧？」

「你這個破壞那裡的凶手有資格說這種話嗎？」

在陽臺外側，是凍結的大河與荒涼的平原。

除此之外，還有些許戰爭的痕跡，以及包含在看見漂浮在空中的撒塔奈斯亞克後聚集過來的馬勒布朗契在內的魔王軍將兵們。

撒旦俯瞰在卡米歐和夸卡比娜的帶領下趕向這裡的惡魔們，開口說道：

「路西菲爾。」

「嗯？」

「亞多拉瑪雷克。」

「嗯。」

「艾謝爾。」

「是。」

「馬納果達。」

「呵呵呵……」

「再過不久就能統一魔界了。以後也繼續把你們的力量借給我吧。」

首先做出反應的人是艾謝爾，再來是亞多拉瑪雷克，馬納果達緩緩回應，最後是聳著肩膀的路西菲爾。

「悉聽尊便，魔王撒旦大人。」

年幼的撒旦·賈克柏描繪的夢想雛形已經完成，在那之後只過了短短五十年，魔界就在魔王撒旦的名下完成了統一。

──完──

斷章

等眼睛底下浮現出黑眼圈、看起來一臉憔悴的艾美拉達回來時，三名馬勒布朗契已經離開了一個小時以上。

「嗚嗚……咳咳……真是糟透了～～」

「妳剛才一直都待在河邊嗎？」

鈴乃被艾美拉達憔悴的表情嚇了一跳，安慰似的輕撫她的背。

「不管怎麼漱口～～舌頭深處～～都還是有苦味～～」

「這、這麼嚴重啊。」

「因為艾美極度喜歡甜食……」

惠美半是傻眼，半是同情地苦笑。

「那是陷阱～～是陷阱啦～～！明明散發出深奧又優雅的巧克力香味～～結果居然那麼苦～～」

「不對，所以千穗小姐不是說了好幾次純度99％會很苦……」

「微苦巧克力不就是甜的嗎～～！」

「雖然是這樣沒錯，但問題不在這裡。」

「就算知道是苦的～～我也以為頂多就像是加了砂糖的咖啡～～！那東西到底哪裡算是巧克力啊～～！根本就是木炭吧～～！」

雖然鈴乃不知道身為貴族的艾美拉達有沒有吃過木炭，但關於食物的怨恨非常深沉，關於甜食的怨恨會持續很久。

「艾美，吃這個轉換一下心情吧。這是千穗後來做的白巧克力餅乾。」

「啊嗯！呀呼喲呵呵呵呵呼哈啊嗚嗚嗚咿呼。」

「……至少等吃完後再說話吧。」

那道像松鼠般把餅乾塞到嘴巴都鼓起來的身影搭配嬌小的身材，和神聖聖・埃雷帝國宮廷法術士這個名號實在是一點也不相稱。

看在旁人眼裡，艾美拉達就像是在被惠美餵養一樣，如果是不認識兩人的人，一定會認為惠美的年紀比艾美拉達大吧。

不過突然在意起某件事的鈴乃，忍不住環視周圍。

至少在她的視線範圍內，並沒有發現可疑人物。

「怎麼了，貝爾。」

對鈴乃的警戒感到不安的惠美出聲詢問——

「沒事……」

但鈴乃皺起眉頭，轉而向艾美拉達問道：

「艾美拉達小姐，冒昧請問一下。」

「請縮？」

艾美拉達的嘴裡仍塞滿餅乾。

「…………那個，請問艾美拉達小姐平常在聖・埃雷都吃些什麼？」

「出什麼？」

「艾美。」

看不下去的惠美將自己喝過的瓶裝茶遞給艾美拉達，讓她吞下餅乾。

「呼啊……為什麼突然問這個～～？我平常都吃很正常的東西喔～～」

「是嗎？方便的話，可以告訴我菜色的內容嗎？」

「好啊～～？呃～～」

即使對鈴乃突如其來的問題感到困惑，艾美拉達仍將手指抵在下巴稍微回想了一下。

「這個嘛～～在監理院時我通常不會離開院長室～～所以都是請別人送來～～早上會吃一些三明治和水果～～中午太忙時會只靠麵包和湯解決～～晚上比起魚或肉更重視蔬菜～～」

「這、這樣啊。」

鈴乃有些掃興地回答。

因為艾美拉達的回答和她想像的不一樣，比她預料的還要符合常識。

「妳平常會喝酒嗎？」

「不是不會喝～～但貝爾小姐也知道吧～～酒會加速血液循環～～對法術會造成不太好的影響～～所以我只會在舉辦儀式或慶典時喝～～怎麼了嗎～～？」

「沒、沒什麼。非常抱歉。那個，說來失禮，但我從來沒看過艾美拉達小姐吃點心以外的東西，所以突然對妳平常的飲食生活有點好奇。」

「咦～～是這樣嗎～～？我在日本幾乎把所有東西都吃過一輪囉～～？」

「是啊。真的是全吃過一輪了呢。」

「欸嘿嘿～～」

不曉得是不是鈴乃的錯覺，總覺得惠美的眼神變得有點空虛。

「我平常才不會吃那麼多～～這都要怪日本的食物太好吃了～～」

「日本的食物種類的確是很豐富。」

「當然～～身為聖·埃雷的公僕～～我平常可是很節制的喔～～？要是被人知道法術監理院的院長是貪吃鬼～～可是會影響到國家的威信～～」

「嗯唔！」

鈴乃忍不住嗆到。

「順、順便問一下，請問妳平常都吃什麼樣的三明治和湯？那個，我想拿來當作增加日常菜色的參考。」

「嗯～我想一下～」

儘管鈴乃的提問有點不自然，艾美拉達仍毫不懷疑地開口：

「我最喜歡的三明治～是巧克力奶油～」

「「……啊？」」

惠美和鈴乃異口同聲地發出驚呼。

「我之前在日本吃到的早餐盒的三明治實在太好吃了～所以就讓人在這裡重現了～」

「喔、喔……」

「然後最近我迷上了維琪冷湯～」

維琪冷湯是指冷製的馬鈴薯奶油濃湯，但最近在日本，這個詞也被用來指稱各式冷湯。

「我最喜歡南瓜了～然後北大陸有一種被稱做『奇蹟的黃金』的南瓜～那個非常～甜又好吃～用煮熟後磨成泥的那個做的維琪冷湯真是絕品～」

「喔……」

惠美也只能點頭。

「晚餐的蔬菜是用哈密瓜和有桃子香味的番茄～加上磨碎的蘋果做成的沙拉……」

好甜。總之就是甜。

艾美拉達說明的菜色實在是太甜了。

「不過～我最近把零食和晚餐的甜點～換成了從日本偷偷帶回來的點心～要避人耳目地偷吃可是很辛苦呢～」

果然還是很甜。

「總覺得光聽就讓嘴巴裡充滿甜味。」

「是啊……即使不算剛才吃的巧克力，我也覺得快受不了了……」

「可是啊～我也不是只有吃甜食喔～？梨香小姐推薦給我的沙拉仙貝真的很好吃～如果吃太多會連飯都吃不下呢～」

「……艾米莉亞，艾美拉達小姐今年幾歲啊？」

「……雖然她沒告訴我正確的歲數，但至少應該比我大五歲吧。」

有這種因為吃太多點心而吃不下飯的宮廷法術士，聖·埃雷真的沒問題嗎？

惠美和鈴乃稍微擔憂起帝國的未來。

不過鈴乃還有一件更令人擔心的事情，必須告訴艾美拉達。

「……艾美拉達小姐，我要警告妳一件事。」

「是、是的～～？」

鈴乃露出嚴肅的表情，讓艾美拉達驚訝地睜大眼睛。

「首先，妳還是改變一下現在的飲食習慣比較好。」

「為、為什麼突然這麼說……」

「艾美拉達小姐自己剛才也說過，要是被人發現妳是個貪吃鬼，會影響國家的威信。」

「雖、雖然是這樣沒錯～～但我不會在別人面前那麼做啦～～這只是我個人的嗜好～～」

艾美拉達稍微嘛起嘴巴，但鈴乃表情嚴肅地搖頭。

「已經被發現了。」

「咦？」

「已經被其他國家發現了。」

「發、發現什麼～～？」

「……艾美拉達小姐平常都只吃點心這件事……」

「咦？」

艾美拉達發出少根筋的聲音。

「艾美拉達小姐的飲食生活，已經被北大陸的圍欄之長，迪恩．德姆．烏魯斯大人知道

了。」

「咦？」

『她就是因為一直過著貴族生活，只顧著吃點心，所以才會一直長不高！那種類型上了年紀後會胖得很不健康！』

北大陸實質的首領圍欄之長，迪恩．德姆．烏魯斯曾協助鈴乃等人回收亞多拉瑪雷基努斯的魔槍。

她是位個性豁達的老婦人，雖然鈴乃在初次會面時也被她弄得啞口無言，但絕對不能被她的年齡與態度給矇騙過去。

迪恩．德姆．烏魯斯即使身在北大陸，仍掌握了關於西大陸最強國家的宮廷法術士的飲食資訊，這是件非常可怕的事情。

「……妳還是多留意一下身邊比較好。」

「……妳說得對，我會小心。」

或許是明白鈴乃的話中之意，艾美拉達表情嚴肅地點頭，但這份緊張只持續了不到五秒。

「啊啊～～討厭啦～～我想過只吃甜食的生活～～」

「這是個好機會吧。妳不是才在說最近變胖了，不如趁機減肥一下怎麼樣？」

「艾米莉亞～～這樣太殘忍了～～」

惠美像是在安慰妹妹般，苦笑地摸著淚眼抱住自己腰際的艾美拉達的頭髮。

這樣看過去，果然還是難以想像艾美拉達的年齡比惠美大。

「不過既然連迪恩・德姆・烏魯斯大人都知道了，就不能再繼續丟人現眼下去了吧。如果想吃甜食，只要來這裡或再去日本一趟就行了吧。」

「……妳說得……沒錯～」

艾美拉達將臉埋在惠美的肚子上低喃道。

看著這樣的兩人，鈴乃在心裡嘆了口氣。

惠美恐怕並沒有將這件事情看得太嚴重。

因為對惠美而言，無論是艾美拉達或迪恩・德姆・烏魯斯，都是在討伐魔王的旅程與這次的滅神之戰中和自己同心協力，無可取代的夥伴。

所以即使能理解她們背負的重擔，也不會發現背後包含的陰暗面。

若想回收大魔王撒旦的遺產——亞多拉瑪雷基努斯的魔槍，就絕對少不了迪恩・德姆・烏魯斯的協助。

雖然迪恩・德姆・烏魯斯在這次「回收魔槍」的行動中只以個人的身分提供協助，但完全不能保證、也不能期待她「以後」仍會一直站在個人的立場。

鈴乃的心情變得有些黯然。

艾美拉達恐怕也一樣。

不論她們是否希望，人與人之間爭執的火種已經開始圍繞著滅神之戰後的世界，在檯面下逐漸擴大。

安特・伊蘇拉的人們能將那些火種像水中花那樣封印起來嗎？還是會讓它們浮出水面肆虐，變成可怕的煙火呢？

「這真的是只有神知道了。」

鈴乃的嘆息在中央大陸的空中消散，無法對世界的未來造成任何影響。

—— 完 ——

作者，後記 — AND YOU —

這次的後記有洩漏一些本書的劇情。
請先從後記開始看的讀者小心留意。

本書是電擊文庫的《打工吧！魔王大人》系列的第十八本小說，但標題既不是「17」也不是「18」，而是「0-2」。

等這本書抵達各位手中，應該已經是二〇一六年九月十日以後的事情了，當然我也會努力盡快將「第十七集」送到各位手中。

雖然本書一開始的故事時間是第十六集的終盤左右，但主要的故事內容是描寫第零集剛結束不久後的事情。換句話說，就是真奧、蘆屋和漆原過去故事的後續。

即使名字從小說第一集，族人從小說第四集，外貌從動畫版第一集就有出現過，但本人至今連一次都沒登場過的最後惡魔大元帥——馬納果達總算看準機會於本書首次登場。

在故事一開始時就已經去世，在本篇則是因為族人們太有個性而顯得沒什麼存在感，偷偷在這裡告訴大家，其實直到這次開始正式描寫前，就連作者也不曉得他到底是什麼樣的傢伙。

然後《打工吧！魔王大人》有史以來終於！終於出現了第一位女性惡魔！

由明明讓穿泳裝的女孩子們去了海灘卻不讓她們下水，反而讓她們工作的和ヶ原聰司呈獻給大家的女性惡魔！

由在改稿階段只用一行解決女孩子的入浴場景，卻花一整頁描寫房東太太外表而惹責任編輯生氣的和ヶ原聰司呈獻給大家的女性惡魔！

究竟會出現多麼妖豔的魔性之女呢，敬請期待！

至於已經看過本篇的讀者，還請務必手下留情。

這次的故事，是為了能以自己的風格「生存」或「活下去」而戰的男人們的故事。

因為了解如果想生存就必須戰鬥，所以他們才會不論面臨什麼樣的「戰鬥」，都不會放棄挑戰。

過去已經經歷許多戰鬥的他們，在未來也會繼續挑戰新的「戰鬥(生活)」吧，希望能在描寫那段未來的其他書的後記，再次與各位見面。

再會囉！

Kadokawa Light Novels

我的腦內戀礙選項 1~12（完）

Kadokawa Fantastic Novels

作者：春日部タケル　插畫：ユキヲ

搞什麼鬼？完結篇了!!!???
惹怒眾讀者的完結篇斗膽登場！

為了與心愛之人重逢，甘草奏毅然面對最後的選擇──原本想寫點正經的，結果這集還是下了一大堆搞笑跟喜劇成分。失控的選項妹妹把每個人的咪咪亂換一通（富良野有巨乳了！），還搞起了超能力戰鬥？超人氣選擇系戀愛喜劇獻上胡鬧完結篇！

各 NT$180~220/HK$50~68

台灣角川

Kadokawa Light Novels

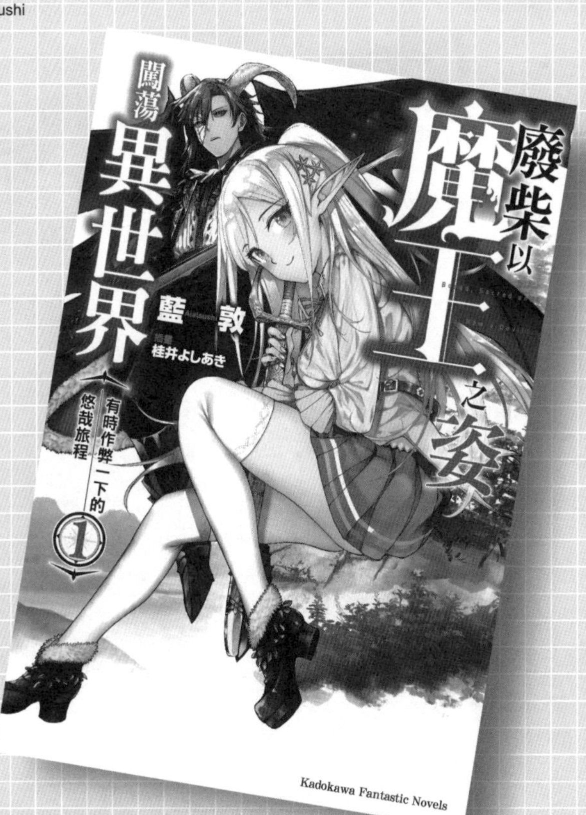

廢柴以魔王之姿闖蕩異世界 1 待續

Kadokawa Fantastic Novels

作者：藍敦　插畫：桂井よしあき

穿著魔王裝扮開外掛，過著悠哉生活的轉生冒險！
隨書附贈兩篇全新番外篇！

吉城在遊戲終止營運的當天，單挑打贏大魔王。再次醒來時，卻發現自己身處從未見過的地方，還變成一副魔王模樣，名叫凱馮——這個他自己所創造的遊戲角色！而在滿腔疑惑的他面前，出現了吉城的分身角色——妖精種族的露耶……!?

台灣角川

NT$220/HK$68

Kadokawa Light Novels

當蠢蛋FPS玩家誤闖異世界之時 1 待續

Kadokawa Fantastic Novels

作者：地雷原　插畫：UGUME

腳滑誤闖異世界的蠢蛋FPS玩家，
能以槍及自身本領作為武器生存下去嗎!?

極度喜愛FPS，技術高超到足以參加世界大賽的男人——修巴爾茲在遊戲當中失足，掉到了地圖外。這種死法也太蠢了……才剛這麼想，卻發現這裡是陌生的世界！結果，他就這麼穿戴著FPS裝備生活在異世界。這名蠢蛋能在劍與魔法的世界生存下去嗎!?

NT$200/HK$60

台灣角川

Kadokawa Light Novels

OBSTACLE Series

激戰的魔女之夜 1~2 待續

Kadokawa Fantastic Novels

作者：川上稔　插畫：さとやす(TENKY)　協力：劍康之

五百公尺魔法杖的高速戰鬥再度爆發！
川上稔獻上嶄新的魔法少女傳說第二集！

這裡是黑魔女掌控的地球。就讀魔女教育機構四法印學院的東日本代表堀之內・滿與來自異世界的少女各務・鏡搭檔，兩人戰勝強敵杭特後，術式科的王牌瑪麗・蘇，竟提出挑戰！這位別名「死神」的少女，竟彷彿與各務有不共戴天之仇，其原因是——？

台灣角川

各 **NT$260/HK$78**

Kadokawa Light Novels

©Tsukikage 2016

墮落之王 1~2 待續

Kadokawa Fantastic Novels

作者：槻影　插畫：エレクトさわる

收錄短篇故事「希蘿的復仇」，
欲望漩渦翻騰的墮落轉生幻想故事！

「傲慢獨尊」的哈德・洛達比任何人更早開始侍奉墮落之王，被認為是最接近魔王的男人。這個甚至令「色慾」米蒂雅感到畏懼的男人，終於起身準備打倒自己的主人雷西。消滅「暴食」西卜之後，怠惰之王與職掌傲慢的惡魔現在即將展開激烈衝突！

台灣角川

各 NT$190~210/HK$58~65

國家圖書館出版品預行編目資料

打工吧!魔王大人. 0-2 / 和ヶ原聡司作 ; 李文軒
譯. -- 初版. -- 臺北市 : 臺灣角川, 2017.06
面 ; 公分
譯自 : はたらく魔王さま!
ISBN 978-986-473-723-9(平裝)

861.57 106006390

Kadokawa
Fantastic
Novels

打工吧！魔王大人 0-2

（原著名：はたらく魔王さま！0-Ⅱ）

2017年6月19日　初版第1刷發行

作者：和ヶ原聡司
插畫：029
日版設計：木村デザイン・ラボ
譯者：李文軒

發行人：成田聖
總監：黃珮君
總編輯：蔡佩芬
編輯：黎夢萍
美術設計：黃永漢
印務：李明修（主任）、黎宇凡、潘尚琪

發行所：台灣角川股份有限公司
地址：105台北市光復北路11巷44號5樓
電話：（02）2747-2433
傳真：（02）2747-2558
網址：http://www.kadokawa.com.tw
劃撥帳戶：台灣角川股份有限公司
劃撥帳號：19487412
法律顧問：寰瀛法律事務所
製版：尚騰印刷事業有限公司
ISBN：978-986-473-723-9
香港代理：香港角川有限公司
地址：香港新界葵涌興芳路223號
新都會廣場第2座17樓 1701-02A室
電話：（852）3653-2888